運命よりも大切なきみへ
～義兄弟オメガバース～

YUZUKO NATUME
なつめ由寿子

CHOCOLAT BUNKO

ILLUSTRATION みずかねりょう

C O N T E N T S

Prologue

雨上がりの夜空に輝く、百億の星。
探したのは、北極星。
旅人の道しるべとなった二等星は、昔からずっと変わらずにそこに在る。

湿った草の匂いと虫たちの合唱の中を、星を見上げて弟と歩いた。
今でも鮮やかに思い出せる、あたたかな思い出。
ずっと一緒にいたいという願いを流れ星に託し、未来を信じて疑わなかった。

一度だけ触れた、その体温。感触、その声、視線、仕草。すべて。
何もかもが忘れられない。許されないことをしたのに。

大切にしたくて、守りたかった。
大切にしていたつもりだった。
後悔は尽きることなく、胸を締め付ける痛みは変わらない。

どうしてこんなことになってしまったのだろう。
すべては自分の責任なのに、時々そんな風に思う。

もしも。

もしもアルファとオメガじゃなかったら。
今でもずっと、兄弟のままでいられたのだろうか。
隣で笑っていられたのだろうか。

考えても意味のない問い。
それでもどうしても、考えずにはいられない。

夜明けと共に消える星の瞬き。
そこにあるはずの北極星も、今はもう見えない。
それでもずっと、伸ばした手は下ろせずにいる。

1

電話がつながった瞬間に、息を呑んだ。

修司《しゅうじ》が弟である鷹人《たかと》に電話をかけたのは、約五年ぶりのことだった。記憶よりも少し低い声が耳に届いた時、胸の奥から込み上げた熱い気持ちをどう表せばいいだろう。

小さい頃から耳に馴染《なじ》んだ、澄んだ鷹人の声。声量はないのに、修司を呼ぶ声だけは、いつもはっきりと耳に届いた。

自分から電話をかけておきながら、修司は言葉に詰まって何も言えなくなった。伝えるべきことがあるのに、声にならない。だって、出てくれた。ずっとかけられなかった修司からの電話に、鷹人は出てくれたのだ。

『……修司？』

訝《いぶか》し気《げ》に呼ばれ、ようやく喉の奥がわずかに震える。もしもし、そのたった一言を言うのに数秒を要した修司に、鷹人は、『うん』と静かに応えた。

修司が鷹人に久しぶりに連絡を入れたのは、二人の育ての親であるじいちゃんが入院することになったからだった。検査の結果を医師から聞いたあとにそのまま入院が決まり、慌ただしく準備を済ませたのがついさっき。事情を伝えるため、緊張の中修司はスマートフォンを手に取った。

ようやく絞り出した声でそれを伝えると、鷹人は『すぐに行く』とだけ言って電話を切ってしまった。通話の切れた画面を見つめ、修司は病院のロビーでしばらく立ち尽くした。

もうすぐ鷹人がここへくる。直接顔を見るのも、五年ぶりだ。

長らく音信不通になっていた弟との待ち侘びていた再会が、じいちゃんが倒れたことによって叶うなんて皮肉もいいところだった。

だけど、修司の番号からの電話に出てくれたこと、そして知らせを聞いてすぐにくることを即断した鷹人に、修司はどうしようもなく安堵《あんど》していた。もしもすげなく関係ないと切り捨てられてしまったら、きっとどうしていいかわからなかった。けれど、そんな考えが頭を掠めていた自分を恥ずかしいと思うくらい、鷹人には迷いがなかった。胸を撫で下ろしたのと同時に再会への不安も募り、漏れ出たのは深い溜め息だった。

鷹人が病院へ到着したのは約三十分後。修司が入院手続きの説明を受け、病室へ戻ろうとしていた時だった。

けたたましい足音と共に、看護師の「廊下は走らないでください」という声が聞こえたかと思ったら、廊下の先を鷹人が勢いよく横切っていった。一瞬だけ見えた、必死な横顔。

物静かで感情をあまり表に出さない鷹人が、髪と息を乱してここまで走ってきたことは容易に知れた。後を追うと鷹人は無事に病室を発見し、中へ入っていくところだった。

「じいちゃん――」

鷹人がベッドへ走り寄り、じいちゃんの顔を覗き込むように身をかがめる。すると、布団の隙間から腕が伸ばされ、次の瞬間には鷹人の頭めがけてげんこつが振り下ろされた。

ごつん、と小気味良い音が響き、強襲を食らった形の鷹人は頭を押さえてベッドの脇に膝をついた。寝転んだ状態で繰り出したというのに、相当痛そうな音がした。じいちゃんのげんこつは昔から強烈で、脳天に響くのだ。

「い……っ、てえ！」

「やっと顔見せたか、鷹人！　心配させおって」

鷹人の色素の薄い髪を、げんこつを落としたその手がわしゃわしゃと掻き混ぜる。鷹人はされるがままに俯いて、小さく「ごめん」と呟いた。

二人の様子を病室の外から眺め、不思議な気持ちに包まれる。そこにいるのは間違いなく修司のよく知る鷹人なのに、その風貌《ふうぼう》はすっかり大人の男性になっている。

五年前――高校の頃よりも伸びた身長に、筋肉がついて体格が良くなった体。シャープになった横顔の頬のラインからは幼さが消え、精悍《せいかん》さが際立つようになった。音信不通のあいだも鷹人の姿は目にしていたけれど、実際に目の前にするとまた違う衝撃があった。修司のあとをいつもついてまわっていた小さな弟だったのに、今はもう可愛いなんて形容は似合わない、立派な男性に成長を遂げていた。

じいちゃんのお説教が始まって、けれど鷹人はそれをおとなしく聞いていた。どこかほっとした様子なのは、きっとじいちゃんが昔と何ら変わりない威勢の良さで叱り飛ばしてくれたからだろう。これから入院するだなんて、思えないほどに。

「だいたいなあ、鷹人お前は昔から繊細っちゅうか、気難しいとこがあって……」

「ごめんて、じいちゃん。それより、大丈夫なのか。手術するって聞いた」

「ん？　ああ、見ての通り大したことない。手術もパッと終わらせてすぐに退院してやる」

「適当なこと言うなよ」

「店もあるし、ずっと寝てるわけにもいかねえんだ俺は。なあ、修司」

急に名前を呼ばれてわずかに肩が跳ねてしまった。鷹人が弾かれたようにこちらを振り返り、視線がぶつかる。一瞬声が出なくて焦ったが、なんとか平静を装った。

「――――何言ってんだ。ちゃんと治療に専念するって、さっき約束しただろ」

心臓がドクドクと早鐘を打つ。正面から鷹人の顔を見て、五年ぶりの懐かしさと、痛みが入り混じった熱いものが胸を満たした。次の言葉が出てこず目が泳ぎかけたその時、いつの間にか横に立っていた看護師に「こんにちは」と声をかけられて驚いた。反射的に挨拶を返すと、中年の女性看護師はふくよかな顔に人の好さそうな笑みを浮かべて病室内へ入っていった。タイミングよく現れた看護師に、修司は心の中で感謝する。

「春川源一《はるかわげんいち》さんですね。男前のお二人はご家族かしら」

「そうです、俺の自慢の孫たちです」

「ああ、源一さん。起き上がらなくて結構ですよ。ぎっくり腰おつらいでしょう」

起き上がろうとしたじいちゃんを制した看護師の言葉に、無言で目を剥《む》いたのは鷹人だった。電話では言わなかったのだが、じいちゃんは病気が見つかったほかに、腰も一緒に痛めてしまっているのだ。ずっとベッドに寝た体勢だったのは腰が痛くて起き上がるのがつらいだけで、病気のせいではない。電話でぎっくり腰のことを言わなかった手前、修司には鷹人の困惑が手に取るようにわかった。もとより、幼い頃から表情の乏しい鷹人の気持ちを察するのが、修司の得意とすることだったのだけれど。

バインダーに何か書き込みながら、アレルギーはないか等、簡単な質問を始めた看護師の後ろで、修司はそっと鷹人の隣に立った。

その時、不意に感じたのは懐かしい匂い。間違えようもない、幼い頃からずっと一緒にいた鷹人の香りだ。朝露に濡れた花のような、澄んだ微かな甘さ。胸がぎゅっと締め付けられる心地がして、修司は密かに唇を噛んだ。だけど、今は個人的な感情に振り回されている場合ではないと、己を奮い立たせる。

「久しぶりだな、鷹人」

「……ああ、久しぶり」

「じいちゃんな、もともとぎっくり腰でかかりつけの病院行ったんだけど、そこでいい機会だからっていろいろ検査してもらったら、大きな病院行けってここを紹介されたんだ。だから、起き上がれないほどつらいわけじゃない」

「そうだったのか……」

「腰痛めるまではピンピンしてたから、今は腰以外に痛いところはないと思う」

修司の言葉を聞いて、鷹人は少し表情を緩ませた。本当に心配していたのだろう。じいちゃんを大切に思う気持ちが変わっていないことが嬉しかった。それから、自然に会話ができたことも。

「でも、その……、がん、なんだろ」

口籠《くちご》もった鷹人に合わせて、修司もじいちゃんに聞こえないよう声を潜める。

「ああ。でもまだ初期だから、今すぐどうこうって話じゃないみたいだ」

じいちゃんの病名は肺がんだが、腰がきっかけで早期発見が適ったので、ごく初期の段階だった。詳しい検査結果はこれからだけれど、手術も大掛かりなものでなく、胸腔鏡《きょうくうきょう》手術というわずかな傷だけで済むものになるだろうと医師は言っていた。じいちゃんの詳しい病状やこれからのことを、あとで漏らさず教えてやらなければと思う。

「あら、そういえば身元保証人の息子さんは今どちらに?」

看護師の声に、修司は即座に反応した。俺です、と名乗り出た修司に看護師はきょとんとした表情を見せた。

「でもさっき、お孫さんって」

「はい。でも戸籍上では息子なんです。養子として籍に入ったので」

じいちゃんは父親でありながら、祖父のような存在だった。出会った時の年齢が祖父と孫ほど離れていたことに加え、よく知らない相手を父と呼ぶことに戸惑いを覚えていた修司のために、「じいちゃん」と呼ぶことを提案してくれたのだ。それからずっと、鷹人と共に孫として育ててもらった。血の繋がりはなくても、本物の家族のように。

「まあ、そうなんですね。わかりました」

バインダーを見ながら、看護師はすぐに納得してくれる。じいちゃんと鷹人との関係は少し複雑で、一言では言い表せない。説明を必要とされなかったのは助かった。

「さっき、手続きの書類を書いてもらったと思うんですけど、身元保証人のバース性の記入がなかったので確認だけさせてもらおうと思いまして」

バース性、という単語に修司は胸に重たい鉛《なまり》が落ちたのを感じた。

男性と女性という性別のほかに、人が持って生まれる第二の性別。それがバース性と呼ばれるものだ。アルファ、オメガ、ベータの三種類のうち、修司は希少な存在であるオメガ性だった。

オメガであることを忌まわしく思っている修司は、必要に迫られない限り自身の性を明かすことはしてこなかった。身元保証人の書類を書いた時も、わざと記入しなかったのだ。大抵の場合、形式上のものなので書かなくても問題なかったのだが、病院ではやはりそうもいかないらしい。

「……バース性は、オメガです」

観念して第二性を告げると、看護師はそうですか、と少しだけ驚いたように頷いた。

「失礼ですが、番《つがい》は？」

「いません」

看護師はバインダーにメモを書きとめると困った顔をしてうーん、と唸った。

「たしか、大部屋が空いたら移る希望でしたよね」

「はい、そうです」

今は個室にいるが、これからかかる医療費のことを考えて少しでも費用が安い大部屋に移りたいとじいちゃんが話していた。看護師は申し訳なさそうに、修司とじいちゃんの顔を交互に見た。

「あの、このままずっと個室というわけにはいかないでしょうか。本当に申し訳ないのですが、番を持たないオメガが出入りしていることが同室の方に知れた場合、トラブルが起こる恐れがあるので……」

オメガへの差別とも取れる言い分に、修司は落胆を覚える。オメガが世間から歓迎されない存在であることは、痛いほどにわかっていた。だけどまさか、こんな場面で突き付けられることになるなんて。

オメガの特徴として一番大きな、ヒートと呼ばれる発情期。その間オメガは日常生活もままならないほど、生殖行為を求めることしかできなくなる。そして期間中に分泌されるフェロモンで、アルファや一部のベータを誘ってしまうのだ。誘われた側は強制的に発情させられ、オメガを求める。それが、本人の意思とは関係のない生理的なものだとしても、不浄な存在として世間のオメガへの風当たりは強かった。特に性的な事情を隠すことが美徳とされがちな日本では差別意識は強く、オメガの大多数がバース性を隠して生きているのだ。

　オメガに対する偏見や差別は、当事者の修司にも理解できる。だけど今、修司を打ちのめしたのは、自分自身ではなくじいちゃんに迷惑がかかってしまうことだった。自分のせいでじいちゃんに負担をかけることが、ショックで仕方ない。ベータであるじいちゃんには、何の非もないというのに。

「――そういうことなら、俺は個室のほうがいいや」

　きっぱりと言い切ったのは、じいちゃんだった。驚いて顔を上げた修司に、じいちゃんは笑ってみせる。ひとりのほうが気楽だから、実は個室のほうがよかった、と看護師に話すじいちゃんを、修司は複雑な思いで見つめた。きっと本心じゃない。だけど、修司を思ってそう言ってくれている。

　それがわかるからこそ、修司から口出しすることはできなかった。頭ではわかっていても悔しくて、俯いて拳《こぶし》を握りしめることしかできない。

「看護師さん、このまま個室でお願いします」

　じいちゃんがそう告げると、看護師は申し訳なさそうに謝って、以前にオメガとアルファのフェロモンによるトラブルが院内で起こったことがあるのだと話してくれた。それからこの病院では、バース性には敏感になっているらしい。

看護師が出て行ったあと、修司が口を開く前にじいちゃんは「謝るんじゃない」と先回りした。修司はぐっと言葉を詰まらせる。じいちゃんのこういうところに救われて、今までずっと生きてきた。オメガであることを悲観しながらも前を向いていられるのは、じいちゃんのおかげなのだ。

ありがとう、と呟くと、じいちゃんは小さく笑った。

「それにしてもやっと家族が揃ったな。鷹人がこなかったら化けて出てやるとこだったぞ」

「縁起でもないこと言うなよ。でも、ごめん」

「こっちこい。ほら、もっとよく顔見せろ」

じいちゃんの笑顔は、再会を心から喜んでいることがわかる。手を伸ばして鷹人の頭を撫でる表情は、優しくて温かい。きっかけは決して喜ぶべきものではないけれど、こうしてまた三人で会えたことを、修司も嬉しく思う。

「鷹人はこの春に、大学を卒業したんだったな。おめでとう。仕事との両立は大変だったんじゃないのか」

「そんなことないよ。仕事は事務所に調整してもらってたし」

家を出ている五年の間に、鷹人は大学に入学し、卒業まで果たしていた。高校の頃に始めたモデルの仕事を続けながら、頑張っていたらしい。

家を出ていた間もじいちゃんには定期的に連絡を入れており、完全に音信不通だったのは修司とだけだった。じいちゃんから伝え聞く鷹人の様子に、修司はいつも切ない気持ちになっていた。だから、成長しているのは見た目だけではないと知っている。

「じゃあ、今はそこまで忙しくはないってことか？」

「まあ、前よりは」

「そうか、それなら頼めそうだな、喫茶店。じいちゃんが退院するまで、修司を手伝って二人で店を守ってくれ」

思いがけない言葉に、誰よりも動揺したのは修司だった。喫茶店を手伝うということは、つまり鷹人に家に戻れと言っているようなものなのだ。じいちゃんと修司が暮らす、自宅を兼ねた喫茶店。個人経営の小さな店で人手は常に足りないくらいだけれど、鷹人が家を出たのは他ならない修司のせいなのだから、きっと嫌なはずだ。

きっかけになったのは、修司の初めての発情期だった。五年前、初めての発情期が訪れた時に、犯した過ち。その頃、修司はまだ自分の第二性を正しく理解していなかった。発情期がくる年頃だと知りながら対策を充分にせず、鷹人をフェロモンで惑わせてしまったのだ。鷹人はアルファであり、オメガに誘われる側の第二性の持ち主だった。

弟である鷹人との、許されない行為。危うい理性の中、頭では駄目だとわかっていたのにオメガの強烈な本能に抗えず、鷹人に縋り付いて体を繋げてしまった。強制的に発情させられた鷹人の気持ちを置き去りにして、兄弟であってはならないことをした。結果的に鷹人は家を出て行き、今に至る。

思わず鷹人のほうを見ると、静かな瞳と視線がぶつかり、いたたまれずにすぐに逸らしてしまった。あの日から続く後悔が甦《よみがえ》って、胸が潰れそうに苦しくなる。あれから修司のオメガ性を厭《いと》う思いは、さらに強くなった。鷹人にこれ以上、嫌な思いをさせることだけはしたくない。

「そ、それは……、じいちゃん、店なら俺一人でも大丈夫だ。バイトの子もいるし」

「大丈夫なことあるか。俺がいない間に評判を落とされちゃたまらないからな」

「そんなこと……」

ない、とは強く言い切れない自分が情けない。じいちゃんの淹れるコーヒーは絶品で、修司はまだまだ敵わない。高校卒業以来、一緒に店に立ち、最近では少しずつ任されるようになってきたけれど、じいちゃんの店の看板を一人で守れるかと言われればあまり自信がなかった。

「でも、鷹人はモデルの仕事があるから、迷惑になるだろ」

「——やる。店、手伝うよ俺」

「……え？」

困惑しきった修司の言葉を遮り、鷹人ははっきりと言った。ぽかんと見つめた先で、鷹人は決然とした顔をしていた。

「仕事は事務所に言ってなんとかしてもらう。だから大丈夫」

「なんとかって、そんなことできるのか」

「できるよ。仕事はある程度選べるから」

「そうかそうか、できる範囲でいいからな。これで安心して寝ていられるってもんだ」

じいちゃんの本意は、きっと兄弟の関係の修復だ。あの夜から拗《こじ》れてしまった二人を、どうにか元通りにしたいのだろう。この五年間、言葉にすることはなかったけれど、じいちゃんはずっとそれを望んでいた。

だけど、そんなことができるのだろうか。あの日の過ちは、兄弟としての禁忌に触れるものだった。たった一人の弟を惑わせて、本人の望まない行為を強いてしまった後悔は深く、今も修司の胸に渦巻いている。

「じいちゃん、ごめん。俺そろそろ戻らないと。撮影抜けてきたんだ」

「そうだったのか。悪かったな。俺のことはいいから戻れ戻れ」

寝転んだまま手をひらひらさせて、じいちゃんは嬉しそうだった。修司は事態についていけず、置いてきぼり状態だ。

「そうだ、修司。鷹人のこと送ってやれ。そんでそのまま帰っていいぞ」

「えっ」

「明日の店の準備もあるだろ。頼んだぞ」

修司の意見なんて聞かず、早く行け、と病室から追い出してしまう。廊下で二人になり、修司は混乱したまま鷹人を見据えた。

「鷹人、無理しなくてもいいんだからな。じいちゃんはああ言ってるけど、店はなんとかなるから」

「いや、手伝う。俺も何かしたい」

「だからって、自分の仕事を疎《おろそ》かにしてまでやることはないだろ」

「違う、修司。やらせて欲しいんだ。……それとも、迷惑か」

「……鷹人」

鷹人の顔を見て、店を手伝うと言った理由がやっと腑《ふ》に落ちた。兄弟の確執《かくしつ》云々の前に、鷹人はじいちゃんのために動こうとしているのだ。それを止める権利が修司にあるだろうか。そういうことならば、今の修司にできるのはじいちゃんと鷹人の望みを受け入れることだけだ。迷惑だなんて、思うわけがない。

「そうか……、そういうことなら、わかった」

頷くと、鷹人も小さく頷き返す。沈黙が落ちて、先に視線を逸らしたのは鷹人だった。

「現場にはタクシーで戻る。それから今日の夜、仕事が終わったら家に帰るから」

「――え、」

じゃあ、と淡々と告げて歩き出した鷹人の背中を、修司は一拍遅れて追った。まだ頭も心も整理なんてついていないけれど、このまま黙って見送ることだけはできない。それに、今鷹人はまたもや予想外のことを言った。

「鷹人……！」

咄嗟《とっさ》に手首を掴み、引き止める。聞き間違いではないのなら、鷹人は家に帰ってくると言ったはずだ。手伝いに店に通ってくるのでなく、修司しかいない家に、帰ると。

「……もしかして、俺の部屋もうない？」

「……っ、そんなわけ、ないだろ！　そのままだ、ずっと」

「そっか、良かった」

もしも、鷹人が歩み寄ろうとしてくれているのなら、何を迷う必要があるだろう。修司を避けて出て行った鷹人とは、もう以前のような関係に戻ることはできないのだと思っていた。だから、今日は顔を見て話せただけで充分だったのだ。だけど、鷹人が許してくれるのなら、なんだってする覚悟はある。

込み上げる熱い思いに、なんだか泣きそうになってしまう。

「待ってる。それにちゃんと送って行く。なんなら、仕事終わったあとも迎えに行くぞ」

一瞬、鷹人が目を丸くしてから口元を綻《ほころ》ばせた。安心したように見えたのは、修司の願望だろうか。

「……じゃあ、頼む。でも遅くなるから、迎えのほうは大丈夫」

そう言った鷹人の五年ぶりに触れた手首は、昔と同じようにひんやりとしていた。


病院から撮影現場のスタジオまでは、車で約三十分。愛車の青いステーションワゴンでできるだけ急ぐ。

鷹人はどうやら黙って現場を抜けてきたらしく、スマートフォンにおびただしい数の着信とメッセージが溜まっていたようだった。じいちゃんのためにきてくれたのだとはいえ、鷹人の小さな頃からの、言葉足らずな一面を思い出させたのだった。

鷹人が電話をかけている間に、修司はこっそりとオメガ用の発情抑制剤を飲んだ。今は発情期ではないし、近いわけでもないので飲む必要はないのだけれど、飲まずにはいられなかった。二度と間違いを犯してはいけない、そんな気持ちで。

それに、車の中は密室で二人きりなのだ。鷹人に迷惑がかからないよう、用心するに越したことはない。

運転席に座り、ドアを閉めてすぐ、やはり鷹人の匂いを感じて修司は無言で体を強張らせた。抑制剤は飲んだばかりで、すぐには効いてこない。だけど動揺を悟らせるわけにもいかなくて、必死で気持ちを落ち着かせながらゆっくりと車を出発させた。

大通りに出て、ナビで目的地の大体の場所を把握してから、修司は医師から聞いたじいちゃんの病状をそのまま伝えていった。詳しい検査結果が出たらすぐに手術になるだろうということ、今回がんを早い段階で発見できたのは運が良かったということ、それからぎっくり腰は癖になりやすいので、これからは充分に用心したほうがいいということも。

鷹人は黙って修司の話を聞き、時折心配そうに俯いた。

元気そうに見えて、じいちゃんももうすぐ七十歳を迎えようという齢《よわい》なのだ。いつまでも傍にいて、叱ってくれる訳ではない。修司がそう感じたように、鷹人も同じことを思っているのだろう。今は治療に専念してもらい、退院後は無理をさせないように気を付けるしかない。

じいちゃんの話が一通り済むと、車内は沈黙に包まれた。話したいことや聞きたいことは山ほどあるのに、どれも声にはならない。鷹人の態度が軟化したとはいえ、再会して二時間にも満たないのでは、五年の溝は埋まるはずもなかった。

鷹人に会ったら、謝りたいと思っていた。オメガのフェロモンで誘い、体を重ねさせてしまったことを。だけど、いざ鷹人を目の前にしたら、話題にすら出してはいけないような気がしてしまい何も言えなかった。鷹人が歩み寄ろうとしてくれている今、仲違いを解消するためにはなかったことにするのがいいのかもしれない。

お互いに沈黙を保ったまま目的地のスタジオに着き、修司はシートベルトを外す鷹人をもどかしい思いで見つめた。

「ありがとう。じゃあ、夜にまた」

「鷹人、本当に迎えにこなくていいのか」

「うん。一旦マンションに戻って、準備するし」

「そうか……」

修司の物言いたげな空気を察してか、鷹人は束の間動きを止める。

何か言いたいのに、喉につかえて出てこない。鷹人は急いでいるのだから早く解放しなくては。だけど、自分が何を言いたいのかさえわからない。ぐるぐると焦って、出てきた言葉はたった一言だった。

「――いいのか、本当に」

声に出して、あまりにも抽象的な問いだと自分でも思った。だけど、これしか出てこない。本当に家に帰ってきても、自分と一緒にいることになっても、いいのか。

鷹人はじっと修司を見つめたあと、そっと目を伏せた。そして。

「……腹くくったから」

感情の読めない顔で、ぽつりと呟いた。もう一度修司に視線を合わせると、手を伸ばし指の背で頬を撫でた。

「変わんないね、修司は」

どこか切なそうに笑い、鷹人は車を降りてあっという間に角の向こうへ消えてしまった。

取り残された修司は触れられた頬を押さえ、静かに混乱していた。

「な……、なん、だ今の……」

頬だけでなく、全身へと熱が伝播《でんぱ》していく。発情期がきた時によく似た、けれど発情期とは違う熱さ。心も体も落ち着かなくて、胸が苦しい。

――こんなのは、違う。

指先で触れられただけなのに、こんな反応をしてしまう自分が嫌だ。ついさっき、もとの兄弟関係に戻れるかもしれない可能性を喜んだばかりだというのに、鷹人を意識して過去の出来事を忘れられないでいるのは、他でもない修司自身だった。

五年前のあの夜のことをずっと後悔しているのは本当なのに、体が自分の心を裏切る。自分がオメガだから、こんな反応をしてしまうのだろうか。オメガとして生まれなければ、ベータやアルファとして生まれてきていたのなら、弟に触れられて動揺するようなことはなかったのかもしれない。

「ごめんな……、鷹人」

呟いて、ぐっとハンドルを握りしめる。抑制剤を飲んでいて、よかった。時期ではなくてもアルファに反応して突発的な発情期になるオメガの話は珍しくない。修司は鷹人の匂いをしっかり感じ取ってしまった自分自身の体を、信用していなかった。

もう二度と過ちは犯さない。鷹人をフェロモンで誘うようなことは絶対にしない。妙な反応も金輪際《こんりんざい》したりしない。あの日から繰り返してきた誓いを、今改めて心に刻む。

鷹人の良き兄に戻り、家族三人で元通りに暮らす。五年前のあの夜から、修司の願いはたったひとつだった。

＊＊＊

修司が帰宅した頃、夕暮れの空は茜色《あかねいろ》に染まっていた。

鷹人を送ったあと、近所の大きめのスーパーに寄ってあれこれ買い物に悩んでいたら時間を食ってしまったのだ。大荷物を抱えて自宅に帰り、慌ただしく食材を冷蔵庫に放り込んで、一目散に向かったのは鷹人の部屋だ。ベッドカバーやシーツを新しいものに取り替え、掃除機をかけて、部屋の主を迎える準備を整える。これまでも定期的に掃除をし、空気を入れ替えていたおかげで十五分とかからなかった。

そして次は、休む間もなく自宅に併設されている店舗へ向かい、カウンターキッチンの冷蔵庫の中をチェックしていく。廃棄《はいき》する食材を抜いたり、足りないものを発注したりと、明日の営業に必要な作業を黙々と進めていった。

一段落した頃には日はすっかり落ちて、辺りは薄暗くなっていた。照明のスイッチを入れると浮かび上がる、しんと静まり返る店内。鍵がかかったままの扉と、カウンターに並ぶコーヒーミルやドリッパーが、どこか寂しげに照らし出されている。まるで店のマスターの不在を理解しているかのようだった。

喫茶プリマヴェール。下町にあるこの小さな喫茶店は、じいちゃんが三十代の頃に教師を辞め、独学でコーヒーの勉強をして建てた夢の城だった。今は亡き奥さんと二人、必死に切り盛りして繁盛させた、じいちゃんの大切な場所。そして、修司と鷹人が育った場所でもあった。

カウンター五席とテーブル六つの決して大きくはない店だが、コーヒーの味が評判で常に客が入っている人気店だ。明日からは修司がメインバリスタとなって店を開けることになり、正直なところ不安がないわけではない。これまでも修司メインでやった経験はあるものの、その度にじいちゃんの存在にどれだけ助けられていたかを実感するのだった。

店の準備を終え、次に修司は鷹人のための夕飯作りに取り掛かった。何時に帰るかもわからない上に、家で食事をとるか聞きそびれてしまったので、無駄になるかもしれない。けれどそんなことは承知の上だ。

一人で黙って鷹人を待つことができそうもなく何かしていたかった。鷹人が食べなかったら、自分の朝食にすればいい。食材を買い過ぎてしまったので、どのみち使わなければいけないのだ。そう自分に言い訳をして、修司は無心で手を動かした。

気が付いた時には鷹人の好物を片っ端から作ってしまい、一食分とは思えないほどのボリュームのある夕飯が出来上がっていた。

修司特製のデミグラスソースのハンバーグに、きのこのケチャップライスで作ったオムライス。クリームシチューは肉抜きのじゃがいもメインで、甘めのきんぴらごぼうとかぼちゃの煮つけ、厚揚げのチーズ焼き。それからあさりバターとコーンクリームコロッケに、デザートには喫茶店でも出している修司お手製のクレームブリュレだ。

これらはすべて、小さい頃から好き嫌いが多かった鷹人のために修司が苦心して作っていたメニューだった。あまり食欲旺盛《おうせい》とは言えない鷹人にどうにか食べさせることに必死で、修司の料理の腕は上がったと言っても過言ではない。それが現在、店で大いに役立っていることを、実は感謝していたりもする。

どれも美味しそうにできたけれど、問題は鷹人がいつ帰ってくるかである。時計を見ると、時刻は夜の九時半を過ぎたところだった。久しぶりに一緒に食卓を囲めたら、と思い夕飯は食べておらず、腹の虫がぐうと切なく泣いている。

待たれるのはうざったいだろうか。だけど、これからまた兄弟として暮らすのだから、妙な遠慮はないほうがいいに決まっている。それに、自分自身が鷹人と一緒に食べたいのだ。

明日からの営業と鷹人との関係、そして何よりもじいちゃんのことを思うと胸に不安ばかりが押し寄せる。だけど、立ち止まっている暇はない。今は長男である自分がしっかりする時だ。

　鷹人を待ちながら、すっかり成長して大人になった姿にぼんやりと思いを馳《は》せた。昔から整った顔をしていたけれど、写真で見るよりも何倍も格好良くなっていた。出会った頃は天使みたいに可愛くて、女の子かと思ったほどだったのに。

　久しぶりに話せたことが嬉しかった。顔を見て、触れて、確かに現実の鷹人が目の前にいた。それだけで、もう充分なような気になる。

　いつの間にか眠気に負け、そういえば大学卒業おめでとうと言いそびれてしまった、と考えたところで意識は途絶えた。

＊＊＊

目が覚めた時、修司はリビングのソファで毛布にくるまっていた。

　朝日が差し込み、部屋は明るい。寝ぼけた頭でどうしてリビングに、と考えて数秒。修司はがばりと身を起こして、鷹人を待ちながら寝てしまったことを思い出した。

辺りを見まわしても人影はなく、鷹人の気配はない。まさか、気が変わって帰ってこなかったのだろうか。心臓がずきんと痛んだのと同時に、ふとダイニングテーブルにところせましと並べられていた料理がなくなっていることに気が付いた。

「……え？　どういうことだ……？」

のそのそと起き出して、寝起きのまわらない頭で状況を整理する。よく見れば、昨日使ったはずの食器類がシンクの水切りラックに並べられている。そして綺麗に洗われた食器たちに混じって置いてある、鷹人のマグカップ。昨日、修司は出した覚えがないので鷹人が使って洗ったのだろうか。ドキドキと心臓が鳴り出し、二階の鷹人の部屋へ向かおうとしたところで店舗のほうに人の気配があることに気が付いた。

そっと足を運び、慎重に店の中を覗き込む。するとそこにはやはり、店内のテーブルを熱心に拭く鷹人の姿があった。店の制服である白いシャツに、足首まである黒のギャルソンエプロン。五年前まで鷹人が着ていたものを、きっとクローゼットから出してきたのだ。普段、自分でも着ているものなのに、鷹人が着ているとこうも様になるのはどうしてなのだろう。朝日の射しこむ店内で、鷹人は一枚の絵のようだった。

声も出ずにその様子を見つめていると、鷹人は上体を起こして腹をさすり、ふうと苦しそうに息を吐いた。そしてようやく修司の存在に気が付き、目を細める。

「おはよう、修司」

「……おはよう」

　声をかけられて、夢や幻でないことをじわじわと実感する。鷹人はちゃんと帰ってきていた。その事実だけで、胸がいっぱいになる。

「店の中、ちょっと変わっててびっくりした。綺麗になったな」

「あ、ああ。ついこの間、雨漏りの修理すんのと一緒に、ついでに少し改装したんだ」

「そっか。もう古いもんな、この店も」

　またテーブルを拭く作業に戻りながら、鷹人は少し寂しそうだった。鷹人のいなかった五年間は短くもあり、長くもあった。いろいろなことが少しずつ変わっている。鷹人が成長したのと同じように。

「掃除、してくれたんだな。ありがとな」

「手伝うって、約束しただろ」

「そうだな」

　よく見れば、テーブルだけでなく床もカウンターもランプも、すべてがぴかぴかに綺麗になっている。鷹人は一体いつから掃除をしているのだろう。それに、あの料理だって。腹をさすって苦しそうにしていたのは、きっと。

「……鷹人、あれ全部食ったのか。多かっただろ」

「美味かったよ」

顔を上げた鷹人は修司の目を見て、それだけ言った。食が細いから腹いっぱいどころでは済まなかっただろうに、きっと気を遣って食べてくれたのだ。不器用だけど優しい、鷹人らしいやり方だと思った。

嬉しいのと同時に頬と目頭が熱くなって、なんだかたまらない気持ちになる。涙なんて見せたら絶対に駄目だ。それでも、緩む口元だけは我慢できなかった。

「……何、どうしたの」

「いや、なんでもない。はは、なんか嬉しくて」

声が震えそうになるのを堪え、修司は笑った。鷹人がここにいることが当たり前だった五年前。今またこうして二人でいられることが、夢のようだ。

「……修司」

布巾を置いて近付いてきた鷹人が、正面から修司を見つめる。泣きそうになったのがバレてしまっただろうか。焦っていると、鷹人の手の平が修司の赤くなった頬を包んだ。ひんやりした手の感触が、心臓を打った。

「たか、と」

「……ずっと、連絡しなくてごめんな」

「え……」

意外な言葉に目を瞠《みは》ったのと同時に、こつんと額がぶつかる。触れた肌と鷹人の甘い匂いに、体温が上がったのを感じた。

「そ、それは、俺が悪いから……、鷹人が謝ることじゃない……」

間近に揺れる鷹人の碧色の瞳から、目が離せない。必死で紡いだ言葉に、鷹人は少しだけ複雑そうな顔をしてから、小さく笑った。

「た、鷹人……？」

「本当、相変わらずだな。でも、安心する」

直後、頬を両側に引っ張られて、むにむにと弄ばれてから突然解放された。鷹人の言葉の意味がわからず、修司は困惑する。それから鷹人が昔からこんなふうにスキンシップが多かったことを、身を以て思い出した。

「どういう意味だよ、鷹人」

「別に。なあ、それより修司、アレ」

「え？」

鷹人が店の隅を指差して、渋い顔を作る。そちらへ目を向け、修司は納得した。そこには鷹人がファッションモデルとして載っている雑誌がバックナンバーを含めて大量に収められた棚があるのだ。

「なんだよ、アレ」

「何って、お前が出てるやつ」

鷹人は嫌がるだろうな、と思いつつも、鷹人を小さい頃から知っている常連客が喜ぶので店の一角に雑誌を置いているのだ。何より、修司自身が鷹人の元気な姿を確認するために買っていた側面が大きいのだけれど。

「撤去するからな」

「えっ、なんでだよ」

「なんでじゃない。店に置くのはマジでやめてくれ。つーか雑誌買ってるとは思わなかった……」

怒らせたかと思ったが、鷹人の顔を見ると照れているだけだとすぐにわかった。その表情は雑誌で絶対に見られない小さな頃から知るもので、なんだかほっとしてしまう。

「買うに決まってるだろ。楽しみにしてるお客さんも多いし、撤去はしないでもらえるとありがたいんだけど」

「嫌だ、もう置かない。マジで勘弁してくれ」

本気で嫌がっているのがおかしくて思わず笑うと、鷹人にやんわり睨まれてしまう。赤い頬で凄まれても、ちっとも怖いとは思えなかった。むしろ再会して初めて兄弟らしいやり取りができたようで、たまらなく嬉しい。

雑誌を置く置かないで揉めながら、これからの生活に新しい光を見つけて修司の胸は躍るのだった。

2

幼い頃の夢を見た。

修司と鷹人が出会った時の、遠い記憶。

修司五歳、鷹人四歳の春。共に片親だった二人は、連れ子同士の再婚で兄弟となった。初めて鷹人とその母親に会った時、修司は酷く緊張していたのを覚えている。

鷹人は母親の後ろに隠れており、修司とは目も合わせてくれなかった。照れ屋なのよ、ごめんね、と困ったように言われて幼い修司は残念に思ったのだった。

鷹人は母親にそっくりで、栗色のふわふわの髪に澄んだエメラルドの瞳を持った愛らしい子供だった。イギリスの血が混じっているのだと聞かされてもピンとこなかった修司は、とにかく鷹人は特別な存在なのだろうと納得した。

修司の思った通り、鷹人は今まで出会った誰とも違った。修司と父親に心を開かないのは家族になっても相変わらずで、とても繊細で臆病だった。修司は「弟」となった鷹人への興味がやまず、何かにつけては構いに行き、少しずつ距離を縮めていった。

鷹人と仲良くなりたい、兄弟になりたい。怖がらないで、こっちにきて欲しい。そんな行動を両親が褒めてくれることも、また修司を嬉しくさせたのだった。

そして一緒に暮らし始めて三ヶ月が経ち、鷹人が徐々に修司に応えるようになってきていた夏の日だった。

その頃、修司と鷹人は二人きりで過ごす時間が多かった。父は仕事に出ていたし、新しい母は家を空けることがしょっちゅうで、留守番を任されることは日常茶飯事だったのだ。一緒に暮らし始めて修司が感じていたのは、義母がまるで少女のような人だということ。鷹人に接する彼女は母親というよりは優しい他人で、鷹人もそれほど母親に懐いていないように見えていた。だからこそ修司は鷹人が気になり、乏しい表情の中に寂しい色を見つけるたび、優しくしたいという思いを強めていったのだった。

その日も修司と鷹人は家に二人きりで、鷹人は夕方頃に寝入ってしまった。眠る鷹人の隣で折り紙を作りながら想像したのは、完成した折り紙を見て喜ぶ鷹人の顔。まもなく起きた鷹人は夢見が悪かったせいか不機嫌で、困った修司は折り紙を差し出した。けれど鷹人はそれをはねつけ、その拍子に修司は折り紙の端で頬を切ってしまったのだった。

　痛みというよりも熱さが頬を走り、鮮血が滴った。修司自身は何が起きたのかわからず、驚いたのは鷹人のほうだった。修司の顔を見て真っ青になった鷹人は次の瞬間に走り出し、家を飛び出してしまった。慌てて後を追ったけれどすでに鷹人の姿はなく、修司は途方に暮れた。

　帰ってきた母親に事情を話し二人で懸命に探したけれど鷹人は見つからず、日没が迫って辺りが暗くなっていく。母親が父親と警察に電話している間に雨も降り出し、修司は絶望的な気持ちになった。自分のせいだ。飛び出した鷹人を止められなかった、不機嫌な鷹人を宥めてやれなかった自分のせい。

　自責の念にかられて泣きそうになったその時、雷が鳴り響き、落雷に打たれたかのように頭の中にある場所が閃《ひらめ》いた。――隣町の少し離れたところにある児童公園、カバの形の遊具の中。きっと、鷹人はそこにいる。

　休みの日に何度か足を運んだことのある公園の中で、鷹人はそれが特にお気に入りだった。一度中に入るとなかなか出てこず、二人でずっと中にいたこともある。カバの口の中は秘密基地のようで居心地が良く、雨宿りをするにはうってつけの場所だ。

絶対そこにいる、そう思ったらいてもたってもいられなくて、修司は雨の中を走り出した。確信を持って公園へ辿り着きカバの遊具の中を覗き込むと、そこにはやはり鷹人がいた。雷に怯え、薄暗い中体を縮こませている小さな弟。やっと、見つけた。

「たかと」

名前を呼ぶと鷹人はハッと顔を上げ、修司を確認して目にいっぱいの涙を浮かべた。遊具の中に入っていくと鷹人は修司に縋りついて、小さな声で「ごめんなさい」と呟いた。修司はだいじょうぶ、と繰り返しぎゅっとその小さな体を抱きしめたのだった。

まもなく雨が上がり、空に満天の星が顔を出すと兄弟は遊具の中から感嘆の声を上げた。こんな遅い時間に外にいることなんて滅多になく、雨上がりの澄んだ星空を見るのも初めてのことだった。濃紺の夜のベールの上にキラキラと瞬く星と、湿った土と草の匂い。そして一斉に鳴き出した虫たちの合唱に包まれて、何もかもが不思議と綺麗で、暗くてもちっとも怖くなんてなかった。何より、傍らにある鷹人のぬくもりが修司に勇気を与えてくれたのかもしれない。

鷹人は公園に辿り着く前に転んで膝を擦りむいており、帰りは修司が鷹人を背負うことにした。鷹人が甘えてくることが嬉しく、なんだか誇らしかったのだ。途中、重くて何度もくじけそうになったけれど、修司は絶対に鷹人をおろさなかった。二人で歩く家までの道は遠く、けれど夜空に何度も励《はげ》まされた。

　ふと思い出したのは以前、鷹人が眠っている間にテレビで流れていた、北極星の探し方。鷹人に説明して、一緒に探して見つけた時は、二人で喜び合った。

　いつでもそこにあって、道に迷った時に道しるべとなってくれる星。夜空を見上げ、道しるべの言葉の意味もわからないまま、北極星があれば帰れるのだと信じて疑わなかった。鷹人が指差した先に見えた流れ星の流線は、今でもまぶたに焼き付いている。

　――鷹人とずっと一緒にいられますように。

　背中に感じる温かさを、この先もずっと守りたい。幼心に流星に託した密かな願いは、今も変わらず修司の胸にある。

　ようやく辿り着いた家の前で、鷹人が母親に抱きしめられるのを見たのを最後に修司はその場にへたり込んでしまった。雨の中を走り濡れてしまったせいで、熱を出していたのだ。風邪が治るまでの間、鷹人はずっと修司の側から離れようとしなかった。何度母親に引き剥がされても気が付くとベッドに潜り込んできて、修司にしがみついた。それからというもの鷹人はすっかり修司に懐くようになり、二人は仲の良い兄弟になった。どこへ行くにも二人一緒で、特に鷹人が修司にくっついて離れないのだった。あの時から、鷹人と本当に兄弟になれたような気がしていた。

そして修司が七歳、鷹人が六歳になった年のこと。

幸せな日々は、突然絶たれてしまった。自動車事故で、両親が他界。相手車両の不注意で、二人共即死だった。

後部座席のシートに座っていた修司と鷹人は軽傷で、同じ病室で目を覚ました。あまりにも唐突で、両親がいなくなってしまったことにまるで現実味がなかった。あの頃の記憶は曖昧《あいまい》で、繋いだ鷹人の手の柔らかな感触があったから、立っていられたのだと今になって思う。

葬儀は親族が執《と》り行ってくれたが、再婚したばかりの両家は折り合いが悪く、残された血の繋がらない連れ子の兄弟を持て余した。引き取り先が決まらずそれぞれ施設へ行くことになりかけたが、そこへ待ったをかけたのがじいちゃん――春川源一だった。

じいちゃんは亡くなった父親の恩師で、修司とも鷹人とも血の繋がりはない人物だった。葬儀に足を運んだ際に兄弟があまりにも不憫《ふびん》で、見ていられなくなったらしい。

兄弟を引き取ると言い張ったじいちゃんに場は混乱したが、長い長い話し合いの末に、揃って養子になることが決まった。これからよろしくな、と笑って修司と鷹人の頭を力強く撫でてくれた時から、じいちゃんはかけがえのない存在になった。

あの頃は修司も鷹人も幼くて、じいちゃんの決断がどんなに大変なことかを理解できていなかった。だけど、今ならわかる。家族として二人を受け入れ、愛情を持って育ててくれた恩は一生かかっても返せるかわからない。

あれから約二十年が経った。厳しくも優しいじいちゃんに見守られて、家族三人幸せに暮らしてきた。それを自らの発情期によって壊し、家族をバラバラにしてしまったことは悔やんでも悔やみきれない。

もしも時間が戻るなら、もう二度と失敗したりしないのに。

＊＊＊

早朝の白んだ光が、カーテンの隙間から覗いている。

目が覚めた時に修司は泣いていて、こめかみがひんやりとしていた。何か夢を見ていたと思うのに内容は思い出せず、胸だけが苦しい。しんとした部屋には夢の余韻《よいん》が色濃く残り、こんな朝は起き上がるのに苦労する。

何か、懐かしい夢を見ていた気がする。たぶん、ずっと昔の夢を。

夢の内容を覚えていないことが幸いなのかそうでないのか、修司にはわからない。けれど、どのみち頭が覚醒すれば夢を見たことすら忘れてしまうのだから、どうでもいいことだった。

ベッドの中から時計を確認すると、まだ早朝の時間帯で目覚ましが鳴るのは二十分以上先だった。けれどもう一度眠る気にはなれず、仕方なく起き上がる。着替えて一階へ降りて行くと店のほうから物音が聞こえており、またもや遅れを取ったことを知って一気に目が覚めてしまった。

音の主は鷹人だ。修司よりも先に起きて、開店準備を始めている。

鷹人が帰ってきてから約一ヶ月。こんな調子で、鷹人は積極的に店の雑務をこなしていた。モデルの仕事で抜けることもあるけれど、空いた時間は必ず店に立っている。家を出る前も店の手伝いはしていたけれど、早朝から準備を始めるようなやる気を見せたことはなかった。むしろ朝は滅法《めっぽう》弱く、修司が毎朝起こしに行かなければ永遠に寝ているような有り様だったのに。この一ヶ月、修司はすっかり鷹人に仕事を取られてしまい、朝はコーヒーの準備以外にすることがないのだった。

それにしても、今日は早めに起きたのに、一体何時から準備をしていたのだろう。店内を覗き込むと、せっせと床のモップがけにいそしむ鷹人の姿が見えた。

「ずいぶん早いな、鷹人。おはよう」

「ああ、おはよ」

鷹人はこちらをちらりと見ただけで、すぐに作業に戻ってしまう。中を見まわすと案の定ほとんどの仕事は終わっており、修司の出番はないようだった。

黙々と床を磨く鷹人を見ながらありがたいやら、あまりの勤勉っぷりに呆れたらいいのやら複雑な気持ちになるが、鷹人なりにじいちゃんとの約束を果たしているのだと思うと口を出す気にはなれない。

それに、今鷹人の顔を見てなんとなくわかってしまったけれど、いつにもましてこんなに早いのは、他ならないじいちゃんのおかげだ。先日の手術が無事に成功し、昨日の時点で医者に経過順調とのお墨付きをもらっていた。鷹人は昨日、帰り際にナースステーションでいつもの無表情からは珍しい柔らかい表情で、じいちゃんをよろしくお願いします、と言ってみせ、若い看護師たちのハート混じりの熱い視線を一身に浴びていた。いつもは鷹人の整った顔に釣られた看護師に話しかけられてもろくに返事もしないくせに、思わず顔が緩んでしまうほど、じいちゃんの回復が嬉しかったのだろう。

今もすこぶる機嫌が良いことが伝わってきたので、張り切っているのだと思う。なんだか微笑ましくて、修司の口元も綻んでしまう。

「そうだ、修司。今日ちょっと仕事で抜けるから」

「ああ、そういえばそうだったな。わかった」

「……何、笑ってんの」

「いや、可愛いなと思って」

「は？」

ご機嫌から一転、ムッとした顔でこちらを睨んでくる鷹人は昔から「可愛い」と言われるのが大嫌いだった。小さい頃から飽きるほど言われ続け、思春期についに鬱憤《うっぷん》が爆発して嫌になったらしい。特に修司に可愛いと言われるのを心底嫌がり、そのことで少し喧嘩になった翌日には、口をきいてくれなかったこともあった。

つい口を滑らせてしまったけれど、未だにそんな反応が返ってくるなんて思わなかった。可愛いはこれからも禁句らしい。

「なんでもない。それより朝メシ何がいい」

「昆布のおにぎり」

「ははっ、即答だな。了解」

店から自宅スペースに引っ込み、洗濯機のスイッチを入れてから早速おにぎりを作った。鷹人と食卓を囲める朝夕の二回は、修司の最近の密かな楽しみだ。食べられるものは少なくても、鷹人はいつも修司が作ったものを美味しそうに食べてくれる。そしてかならず「美味かった」と言ってくれるのが嬉しかった。

　鷹人との生活をスタートさせてからの関係は、おおむね良好。まるで兄弟仲が良かった頃に戻ったように、日々を過ごしている。当初は不安だった店も、鷹人の予想以上の働きの結果順調に営業できている。むしろ、鷹人が店にいる日は女性客がいつもよりも増えて、この一ヶ月で思いがけず新規客の獲得に成功したくらいだった。

　鷹人自身、昔は不愛想な接客しかできなかったのが今はきちんとやれており、修司はその変化に驚きを隠せなかった。笑顔こそ少ないものの、丁寧で誠意ある振る舞いに、家を出ていた五年間での鷹人の内面の成長を感じ、嬉しいのと寂しいのとで複雑な心境になった。

　そして今の関係が心地良いのは、鷹人のおかげであることも修司は理解している。何事もなかったかのように接してくれるから、修司も同じように忘れたふりができるのだ。あえて触れないようにすることで、現在の穏やかな生活は成り立っている。

　それが良いことなのか、目を背けて逃げているだけなのかは、修司にはわからない。だけど、できることならこのますべてが上手くいくようにと、願わずにはいられないのだった。

朝食を終えてもうまもなく開店時間という頃。修司は冷蔵庫を覗いて牛乳のストックが心許ないことに気が付いた。

ひとっ走り買いに行こうにもアイスコーヒーの抽出の最中なので、終わってから行くとなると開店時間を過ぎてしまう。鷹人に頼みたいけれど、そういえば今日は何時に家を出るのかをまだ聞いていなかった。モデルの仕事の時間はまちまちで、鷹人も逐一話してくれるような性格ではないので、スケジュールはあまり把握できていないのだ。

「何、どうした修司」

「いや、実は牛乳が足りなさそう、で……」

後ろから声をかけられ、何気なく振り返ると思っていたよりも鷹人の顔が近くて狼狽《うろた》えた。思わず後退ったが、冷蔵庫に阻まれて距離はまったく開かない。

「牛乳？　買いに行ってくるか」

「あ、ああ。頼む。仕事の時間は大丈夫なのか？」

「まだ全然、余裕だけど」

「そうか……」

不意打ちに上手く対処できず、ぎくしゃくと目を逸らしてしまう。意識していることを悟られたくないのに、急に近付かれたり触れられたりすると、どうにも駄目だった。中でも鷹人の匂いを感じることが一番苦手だ。オメガとしての本能の部分が、ざわざわと騒ぎ出してしまうから。

「そういや、修司」

「な、なんだ」

この距離感のままで話を続けようとする鷹人の目が見られなくて、たぶん不審な動きになっている。鷹人がまったく気にしていない様子なことだけが救いだ。

それにしても、こうして近付くと身長をすっかり抜かれてしまっていることを実感する。修司だって百七十八センチと決して小柄ではないのだが、鷹人はたぶん、三センチ以上は修司の身長を越えている。五年前までは、かろうじて修司のほうが高かったのに。

「さっきの、可愛いってやつ」

「え？」

意外な言葉に自然と鷹人に視線が戻った。まさか、そんなに気にして怒るなんて思わなかった。コンプレックスだとわかっていたからこそ、もっと気を付けるべきだった。鷹人の瞳がじっと修司を見据えてくることに焦りを覚える。

「俺は今も修司の、」

「――違う、悪かった鷹人。さっきのは、顔とか容姿の話じゃなくて、なんつーか張り切ってるのが微笑ましかったっていうか、からかったとかバカにした訳じゃないぞ」

そう思ったのは本心だけれど。最後の言葉は声にはせず、喉の奥にしまい込んだ。間近にある端整な顔がどこか焦れるようなもどかしい表情に変わり、高校生の頃によく見た顔だ、と頭の隅で思い出した。鷹人は何か言いかけたあとに視線を下げ、後ろ髪をくしゃりと掻いた。

「……いや、うん。わかってる。悪い、なんでもねえ」

「え？」

「気長にやるって決めたから。今はそれでもいい」

静かに言って、ようやく鷹人は離れていく。そのままエプロンを外し、財布を掴んで出入り口のほうへ向かうのを修司は困惑しながら見送る。鷹人が何のことを言っているのか、わからなかった。

「行ってくる。牛乳二本でいいか」

「あ、ああ。頼む」

鷹人はあっという間に出て行ってしまい、残された修司は一気に全身の緊張が解けたのを感じた。頬が熱くなって、心臓が忙しない。動揺したのを鷹人に気付かれなくて、本当によかった。

やっぱり、鷹人を意識してしまうのを止められない。せっかくうまくいっているのに、どうしてこの体は妙な反応を起こしてしまうのだろう。自分を責める気持ちと思い通りにならないオメガの本能に、修司は歯噛みする。

自分の性が、また家族をバラバラにしてしまうことが何よりも恐ろしい。今度こそ絶対に失敗したくない。

ポケットを探り、常飲用の発情抑制剤を取り出し口に放り込む。本当は、すでに朝食後に飲んだのだけれど、さっき鷹人に反応しかけてしまったから念のためにもう一度。鷹人が帰って来てから通常よりも強いものを処方してもらったので、先回りして対策しておけばきっと大丈夫だ。

薬を飲み下して、深呼吸を二回。体に発情の気配がないことを確認して、修司は両頬を叩いて気合いを入れ直した。今は仕事に集中する。鷹人に過剰な反応をしてしまうのも今だけで、きっと直《じき》に慣れるはず。そう自分に言い聞かせてやり過ごすことを、最近何度か繰り返している。

まもなくアイスコーヒーの抽出が終わり、店内はモーニングセット用のコーヒー豆を挽いた香ばしい香りに包まれた。窓の擦りガラス越しに常連客の近所のおじいちゃんが待っているのが見えて、鷹人を待たずに少し早めに扉を開けた。ドアベルの音と共に、プリマヴェール開店だ。

朝一番の客入りはいつも店内が半分埋まるくらいで、修司一人でも充分に対応できる。すべての注文を出し終えひと段落ついたところで、鷹人が思ったよりも時間がかかっていることに気が付いた。近くのコンビニまでは徒歩五分程度なので、少し遅い。何かあったのだろうかと不安が頭を掠めた瞬間、一人の客がドアベルを鳴らした。

「いらっしゃいませ」

「どうも、ここは春川鷹人が働いてるお店で合ってるかしら」

来店して、開口一番。スーツ姿の女性は店内を見まわしながらそう言った。

「あ……、はい。そうです。鷹人は今出ておりまして、すぐに戻ると思いますが」

「そう、じゃあブレンドお願いします。良い匂いね」

女性はにこりと笑って、奥の空いている二人席に腰を下ろした。高いヒールにボディラインが綺麗に出るシルバーグレーのスーツ。長い髪をひとつにまとめて姿勢よく歩く姿は、下町にはそぐわない都会の洗練された雰囲気が漂っていた。おまけにとても美人で、愛想も良い。

修司よりも年上に見えるが口ぶりからして知り合いだろうし、呼び捨てにしているということは親しい仲なのだろうか。鷹人のファンの女の子は最近では珍しくないが、こういうタイプの女性は初めてだった。きっとファンとは違う、もしかしてこの人は……。

思わずじっと目で追ってしまい、視線に気が付いた女性と目が合う。慌ててコーヒーフィルターをセットしながら、胸の辺りがもやもやと曇っていくのを感じた。

別に、鷹人に恋人がいたって何もおかしいことなんてない。モデルの仕事ができるくらい男前で背も高くて、今では内面もしっかりして、むしろ良い人がいて当然な気さえする。家を離れていた五年間で何もなかったわけがないだろうし、周りが放っておくはずもない。今までそんな発想に至らなかったのは、鷹人が昔から恋愛ごとにまったく興味がなく、彼女どころか女の子の友達の影さえ見せたことがなかったからだ。

でも、鷹人はもう二十三歳だ。彼女がいたって結婚したって子供がいたって、不思議ではない。

なんだか後ろから頭を殴られたような心地がして、視界が暗くなった。手元は見えているのに、動いている手が自分のものではないような気がする。ショックを受けるのはお門違いだとわかってはいるけれど、鷹人が誰かのものになるのはもっと先の話だとどこかで思っていた。兄として喜ぶべきところなのに、気持ちがついていかない。自分がこんなにも兄馬鹿だとは思わなかった。

鷹人は年上が好みなのか、なんて考えた瞬間手に持っていたドリッパーをポットにぶつけてしまい、零れた熱湯が手にかかった。

「……っ!」

大声を出すのはなんとか堪えたけれど、ガシャン、と派手な音が店内に響いてしまった。失礼いたしました、そう言いかけた時に、ちょうど帰ってきた鷹人が先に声を発した。

「修司!」

裏から素早くカウンター内に滑り込んできた鷹人は、修司の手を掴んですぐに流しに移動した。そして修司の赤くなった手の甲を流水にさらし、火傷《やけど》の具合を確かめる。赤くなった箇所に冷たい水が心地良く、けれどじんじんと痛んだ。

「大丈夫か。赤くなってんな」

「ああ、悪い。ちょっとぼーっとしてた」

「手だけか? 他はお湯かかんなかったか」

「平気だ。少し零しただけだから」

はたと、いつの間にか鷹人に斜め後ろから抱かれるような体勢になっていることに気が付いてまたもや大きな動揺が修司を襲った。鷹人は火傷を冷やすのに必死でまったく気にしていないようだけれど、体がぴったりとくっついているし、腕を掴んでいないほうの手が腰に添えられている。これはダメだ——そう感じて腰が引けたのを、鷹人が「まだ」と

cafe au lait
cafe

言って引き戻す。火傷はたしかにもう少し冷やしたほうがいいのかもしれないけれど、この体勢でいるのは非常にまずい。

「た、鷹人！　もういい、大丈夫だから……」

その時、カウンターの正面に誰かが立ったことに気が付いた。そこには先程のスーツの女性がおり、修司と鷹人の様子を見て口角を上げたのだった。

「その人が噂のお兄さんね。仲良いんじゃないの、鷹人」

「え、奥村《おくむら》さん。なんでいんの」

修司の後ろで鷹人が本気で驚いた声を出す。やはり知り合いだったようだ。

「た、鷹人。知り合いか」

「あ、あーうん。まあ……」

「まあって何よ。お兄さん、初めまして。私、鷹人のマネージャーを務めさせていただいております、株式会社ポラリスの奥村紗栄子《さえこ》です。以後お見知りおきを」

「ま、マネージャー……、あ、いつも鷹人がお世話になっております」

「――奥村さん、修司。それより先に火傷の手当て」

明らかな不機嫌声で鷹人が割って入り、強引に後ろの椅子に座らされてしまう。肩を掴んで修司を見下ろす鷹人の顔は険しく、何か焦っているようだった。

「たか……」

「薬、持ってくるからおとなしくしてて」

裏へ行ってしまった鷹人を見送ると、カウンター越しに奥村と目が合う。にこりと笑いかけてきた奥村が鷹人の態度をまったく意に介していなさそうだったことに少し安心した。

「すみません、なんだか機嫌悪いみたいで」

「いいのよ。こうなることはわかってきたから。火傷大丈夫？　落ち着いたらでいいからお話できるかしら。今日はお兄さんにお願いがあってきたの」

「え、俺ですか」

その時伝票を持った客がレジ前に立ち、奥村は「じゃあ後で」と言って店内の席に戻っていった。レジを打ちながら、鷹人のマネージャーからのお願いという意外な展開に、修司は緊張を覚えたのだった。

その後、救急箱を持って戻ってきた鷹人によって火傷に丁寧に薬を塗られ、大きめの絆《ばん》創膏《そうこう》を貼ってもらった。自分でできると言ったのに鷹人がやると言って聞かず、手当ての間に常連のおじいちゃんに「鷹人くん相変わらずだね」と笑われてしまった。

そしてモーニングを利用する客が引き店が一旦落ち着いた頃、奥村がカウンター席に移動してきた。鷹人があからさまに渋面を作り、奥村をじとりと睨む。

「何よ。今日はお兄さんに用があってきたのよ。アンタはそろそろ出ないと間に合わないんじゃないの？」

「修司に何言う気だよ。言っとくけど俺の気持ちは変わらねえからな」

「はいはい、わかりました。ほらさっさと行きなさいよ。二度と遅刻しないっていこないだ約束したばかりよねえ？」

「わかってるよ、つーか奥村さんこないのかよ」

「いつもの撮影なんだから、アンタがいれば私が遅れても何の問題もないわよ」

二人のやり取りを眺め、鷹人が家族以外の人間にこんなにも感情をあらわにしていることに驚きを隠せないでいた。言い合いをする二人の様子で親しいことがわかり、また胸にもやもやとしたものが広がっていく。

その時ちょうどバイトの大学生が出勤してきて、「おはようございます」と言う声にハッとする。また、心ここにあらずの状態になるところだった。

「じゃあ、修司。俺行くから」

「え、あっああ。いってらっしゃい」

バイトの子と入れ替わりで仕事に行くらしい鷹人が難しい顔で横に立ち、修司をじっと見つめてくる。少したじろぎながら、身構えてしまう。

「――奥村さんに何言われても、聞かなくていいからな」

「え？」

「あと手。怪我してんだから、無理すんなよ」

それだけ言って、鷹人は出掛けていった。後ろ姿を見送って、改めて奥村が何の用できたのかが気に掛かった。振り返ると奥村がにっこりと笑いかけてきて、少しの緊張と共に正面に立つ。

「さっきはごめんなさいね。お仕事中に」

「いいえ。改めまして、鷹人がいつもお世話になっております。兄の春川修司です」

「こちらこそ、鷹人とは良いお仕事させてもらってます」

名刺を差し出され、事務所名と名前の下に小さく担当春川鷹人と書かれているのを確認する。鷹人の名前しか書かれていないということは、専属のマネージャーなのだろうか。

「早速なんだけど、単刀直入に言いますね。鷹人に映画出演の話を受けるよう、一緒に説得して欲しいのよ」

「え、映画、ですか。鷹人が？」

奥村の思わぬ言葉に修司は目を剥いた。鷹人はずっとファッション系のモデルだけをやっていて、俳優的な活動はしていなかったはずだ。たしかに見た目だけならテレビや銀幕でも遜色《そんしょく》ないと思うけれど、そもそも鷹人は演技なんてできるのだろうか。修司の記憶では小学校の学芸会で、嫌々オオカミの役をやっていたことしか思い出せない。

困惑が顔に思い切り出たようで、奥村は詳細に事情を説明してくれた。

「これは鷹人にとって、大きなチャンスなの」

鷹人に映画の話が出るきっかけとなったのは一年程前。同じ事務所の若手俳優のピンチヒッターとして、深夜ドラマのワンシーンに出演したことだった。その際、奥村は鷹人に演技の才能があることを確信し、これからは俳優業も視野に入れていこうとモデルの仕事の傍ら、演技のレッスンをさせるようになった。

そして奥村の予想通りに鷹人は頭角を表し、小さな役から徐々に重要な役をもらうようになっていった。そんな中、受けた映画のオーディションに鷹人は見事に合格したのだ。ところが一ヶ月前、急に出演は辞退すると言い出し、困っているのだという。今は脚本待ちで場が動いていないからいいものの、もうすぐ顔合わせがあり本格的な撮影が始まってしまう。

「一ヶ月前……」

「まだ降りるって先方には伝えてないの。主演ではないけど準主役の良い役どころよ。原作が小説の話題作だから、鷹人にはこのチャンスをどうしても逃してほしくない」

何も知らなくて、修司はとにかく驚いていた。映画の話ももちろんだが、鷹人が演技の勉強をしてオーディションを受けていたことにもだ。鷹人は昔から物静かな性質で、何かに打ち込んだり能動的に動くことはあまりなかった。だから、鷹人が映画の役を実力で勝ち取ったというのなら、出演の話を蹴《け》るなんてことはして欲しくなかった。鷹人が辞退を決めた理由がわかるからこそ、修司の困惑は増した。

「じいちゃんと、店のために……」

「やっぱり、そうなのね。私がいくら言っても聞かなくて」

確かにじいちゃんは喫茶店の手伝いをしろと言ったけれど、事情を知ったら絶対に出演を後押しするに決まっている。むしろ喜んでくれるはずだ。鷹人だってきっと、それはわかっているはずなのに。

「わかりました。そういうことでしたら、俺も説得してみます」

「本当？　ありがとう助かるわ。ぜひよろしくお願いします」

「鷹人には好きなことやって欲しいですから」

「鷹人の言う通り、素直で素敵なお兄さんね。あ、もう一杯おかわりいただけますか。コーヒー本当に美味しい」

「あ、ありがとうございます」

コーヒーを淹れながら、鷹人が奥村に自分の話をしていたことが意外で仕方なかった。しかも、なんだか良い風に言っていることに、頬が熱くなる。もしも鷹人が自分を良い兄だと思っていてくれるのなら、これ以上のことはない。だってずっと、鷹人には嫌われてしまったのだと思っていたから。

奥村はコーヒーを飲んだ後、もう一度修司に頭を下げてから出て行った。ドアベルの音を聞きながら、鷹人が俳優を目指していたことに改めて感心する。やりたいことがあるのなら、応援したい。今日、奥村がきてくれてよかったと心底思う。

そして夜、帰宅した鷹人に映画の話をすると取り付く島もなく自室へ逃げられてしまったが、修司は諦めるつもりはなかった。閉店間際の書店に駆け込み、鷹人が出演する映画の原作小説を購入した。恋愛小説はほぼ初めてだったけれど、寝る前に読み始めたら止まらなくなってしまい、気が付いたら窓の外が明るくなっていた。小説がそれほど面白く、魅力的だったのだ。

鷹人の演じる役は準主役とのことだったけれど、作中の登場人物でそれらしい若い男性は一人だけだった。きっと鷹人はこの役をやるのだろう。その人物の寡黙だが内に秘めているものが大きいところは鷹人の雰囲気に合っている気がして、映画に出演して欲しいという思いは強まった。演技のことはよくわからないけれど、この役を演じる鷹人を見てみたい。じいちゃんにも小説と役柄のことを話して、説得しようと思う。

翌朝、寝不足の顔で階下に降りていったら鷹人に体調が悪いのかと心配されてしまい、この優しい弟のために一肌脱ごうと修司は改めて決心したのだった。

＊＊＊

「これ、知ってるぞ。持ってるやつだ」

翌日のお見舞い時、修司がじいちゃんに鷹人の状況を話し、思った通りに「絶対にやるべきだ」という言葉を貰った後だった。原作小説を取り出した時に、じいちゃんが興奮気味にそう言った。

「そうなのか。じいちゃん恋愛小説も読むんだ」

「ああ、これは作家買いしてる本だからな。恋愛ものはこの『秋入梅《あきついり》』だけだったと思うが、面白かったぞ」

「へえ、じいちゃんの好きな作家だったんだ」

じいちゃんは読書家で、自宅の書斎は本に埋もれているような有り様だ。そのじいちゃんが作家買いしているというのだから、本当に面白い小説なのだろう。そういえば、書店でも目立つ棚に並べられていたので、すぐに見つけることができた。

内容は幼なじみの男女が織りなす、静かで複雑な恋愛模様。少年時代から青年時代までを描いた物語は少し寂しくて、でも温かな印象を受けた。修司は普段あまり本を読まないけれど、独特の雰囲気に惹かれ、とてつもなく引き込まれた。作家の名前は芹沢冬馬《せりざわとうま》。じいちゃんによると、若くて才能のある新進気鋭の作家らしい。

「この映画の話を蹴ろうだなんて、とんでもない。鷹人のやつ変な気をまわして……」

「うん。店のことは俺がしっかりやるから、じいちゃんからも鷹人に言ってやってくれ」

その時タイミングよく鷹人が病室に顔を出し、じいちゃんの持っている小説本を見て顔を顰《しか》めた。そしてベッド脇の椅子に無言でどっかりと座り込み、不機嫌を隠しもしない。

「鷹人、聞いたぞ。なんで映画出ないんだ」

「……奥村さん、じいちゃんとこまできたの」

「いいや、俺が伝えたんだ。俺とじいちゃんは同じ気持ちだぞ。どうして辞退なんかしようと思ったんだよ」

黙り込んでしまった鷹人はどこか葛藤《かっとう》しているように見えて、どうしてそこまで意地を張るのか疑問だった。確かにじいちゃんとの約束はあるかもしれないけれど、人生の岐路《きろ》と言ってもいい鷹人にとって大切な局面だと思うのに。

「……俺は、俳優の仕事はまたチャンスがあると思ってる。今はそれよりもじいちゃんと修司のこと助けたい」

ぽつりと零した鷹人の本音は、やはり修司が想像した通りだった。そこまでじいちゃんや自分のことを考えてくれるのは嬉しい。だけど、そうなら尚更。

目を伏せた鷹人に、じいちゃんは間髪を容れずに畳みかける。

「なんだ、鷹人はずいぶん自信があるんだな」

「そういうことじゃない。そうじゃなくて、俺は……」

「やりたくてオーディション受けたんだろう。なら、選んでくれた人のためにもやり通すべきだ。確かに俺が喫茶店を手伝えとは言ったけど、それは鷹人が家に帰ってくるきっかけになればいいと思っただけだ。わかってるだろう、お前も」

鷹人は俯き、悩んでいるようだった。それもそうだ、鷹人が自分で選んだ道なのだからやりたくないはずがない。

「でも、今じゃなくても俳優はできる」

「――鷹人、俺とじいちゃんは純粋にお前を応援したいんだ。させてくれよ。頼りない兄貴かもしれないけど、支えるから」

「そうだぞ。鷹人が頑張って自分の人生を生きてくれたほうが俺は嬉しいし、何倍も力になる。俺も負けていられねえなって。それに、あの芹沢冬馬の作品に出られるんだぞ。これは凄いことだ」

顔を上げた鷹人が言葉に詰まり、修司とじいちゃんの顔を交互に見つめる。そして揺れる瞳でぽつりと言った。

「……映画の仕事するとしても、家にはこのままいてもいい？」

あまりにも馬鹿げたことを言うので修司とじいちゃんは驚いて、「当たり前だろ」という揃った声が廊下にまで響き渡った。じいちゃんが「バカ野郎」と鷹人を抱き寄せ、髪をくしゃくしゃにして撫でている。修司も鷹人の背中を叩いてやった。やめろ、と言いながらも鷹人が嬉しそうなことが、修司も嬉しかった。

「そうだ、鷹人。もし芹沢冬馬に会えたらサイン貰ってきてくれないか。そしたら元気になるかもしれん」

唐突に言ったじいちゃんは真剣で、きょとんとじいちゃんを見上げた鷹人はようやく笑顔を見せた。なら頑張って貰ってくる、と答えた鷹人の目は、少しだけ潤んでいた気がした。

面会時間ぎりぎりまで粘り病室を出た時、鷹人はどこかすっきりとした顔をしていた。やはり本当は映画に出たかったのを、我慢していたのだろう。不器用な性格は相変わらずで、奥村がきてくれたことに改めて感謝した。きっと、修司一人だけでは気付けなかった。

隣を歩く鷹人の横顔を見ながら、修司も嬉しくなってつい顔が綻んでしまう。

「鷹人、他に隠してることはないか」

「……何それ」

「遠慮なんかするなって意味だ。何でも言ってくれよ」

こちらを見た鷹人が、困ったように笑みを作る。けれどすぐに視線は外れ、「そうだね」と小さな声で言った。

「そうだ鷹人、奥村さんに連絡入れたらどうだ。心配してたし、早いほうがいいだろ」

「ああ。そうする」

「俺、帰りにナースステーション寄るように言われてるから、その間にでも……」

不意に廊下の先から女性の二人組が現れて、こちらに走り寄ってきた。二人の視線は一心に鷹人に注がれていて、修司は女性達の勢いに驚き思わず半歩後退ってしまった。

「すみません！　あの、この雑誌に出てるモデルの春川鷹人さんですよね！」

「この間、ここで偶然見かけてもしかしたらって……、良かったら一緒に写真撮らせてもらえませんか？」

二人は鷹人の出ている雑誌を手にしており、鷹人のファンのようだった。鷹人が昔からモテていたのは知っていたけれど、モデルとしての鷹人のファンは初めて見たのでなんだか修司のほうが感動してしまう。けれど当の鷹人が無反応で返事もしないものだから、二人組が困り始めている。

「た、鷹人、おい」

たまらず修司が声をかけると、鷹人は二人組を一瞥《いちべつ》し、数秒の沈黙のあとに口を開いた。

「……写真は無理。あと、病院では声かけないで」

それだけ言って歩き出した鷹人に呆気に取られ、関係のない修司がいたたまれない気持ちになる。あまりにも素っ気なくて、冷たい。昔から修司とじいちゃん以外の他人にはまるで興味がなかったけれど、そこは今でも変わっていないらしい。

それにしたって、先程の鷹人の態度はあんまりだと思う。きっと、鷹人を好きで声をかけてくれたのだろうに、気の毒だ。

病院の玄関を抜け、駐車場まで出てきてから修司は鷹人を呼び止めた。

「鷹人、さっきのあんな言い方ないだろ」

どうしても気になって、口を出さずにはいられなかった。鷹人の元々の性格だと理解していても、他人から誤解を受けるのは悲しい。鷹人が本当は、優しい心根を持っていることを知っているからこそ。

「……写真は事務所の契約上ダメなだけだし、ここでは病院に迷惑になるから声かけないでって言ったんだよ」

「そ、そうなのか。でもあれじゃ、あまりにも素っ気ないっつーか、冷たく聞こえるだろ」

「…………」

鷹人が微妙に顔を顰め、考え込むような仕草を見せる。そして小さく「うん」と頷いた。

「じゃあ、次からはちゃんと言う。あの人達には、今度病院で会ったら謝っておく」

「……え」

「何、まだなんかダメ？」

「い、いや、全然。いいと思う」

「うん」

鷹人がそんなことを言うなんて信じられなくて、まじまじと凝視してしまう。熱でもあるのかと思ったけれど、鷹人は普段通り平然とした顔をしていた。

以前だったら誰にどう思われても構わないというスタンスを貫いていたのに、修司の苦言にこんなに素直に頷いたのは意外だった。鷹人の内面の成長を改めて感じて、なんだか衝撃を受けてしまった。

「五年、経ったんだもんな……」

離れていた期間に、鷹人はどんな景色を見て、どんな風に生きていたのだろう。修司の知らない間に、俳優になる夢まで作って、きっと色々な出来事があったに違いない。それを知ることができないのは、ほんの少しだけ寂しい。できれば隣で鷹人の成長を見ていたかった。それが我儘な願いであることは、重々承知しているのだけれど。

思わず感傷に浸りそうになったのを慌てて振り払い、気を取り直す。鷹人の成長は喜ぶべきことだし、今は鷹人の応援をすると決めたばかりなのだ。

「よし、帰るか。鷹人、夕飯まだだろ？　何食べたい？」

「今日は、俺が作る」

「え？」

「修司、疲れてんだろ。俺が何か適当に作るから休んでて」

呆気に取られていると、鷹人は修司のポケットから車の鍵を奪い、さっさと運転席に乗り込んでしまった。遅れて助手席に乗り込みながら、今朝、隈《くま》を作って起きていったのを心配されたことを思い出した。あれは本を読んでの寝不足だから疲れているわけではないのだけれど、きっと鷹人は修司の体調を気遣ってくれたのだ。

鷹人の優しさを実感して、ますます感動してしまう。緩む口元を我慢して、今日は鷹人に甘えることにした。それに、鷹人は滅多に料理はしないけれど、手先が器用なので作るものは大抵美味しいのだ。レパートリーは少なくても、修司は鷹人の料理が好きだった。久しぶりに口にできることが、純粋に嬉しい。

走り出した車の中、修司はこれからのことに思いを馳せた。様々なことが変わって、鷹人も大人になった。自分にできることはきっと少ないだろうけど、少しでも良い方向に進むように頑張りたい。

「……隠してること、あるよ」

鷹人が不意に呟いた言葉は小さく、はっきりと聞き取れなかった。反射的に鷹人のほうを見ても、夜の闇に紛れた横顔からは鷹人の感情を窺《うかが》い知ることはできなかった。

「何か言ったか？」

「いや、なんでもない。それより、カレーでいい？」

「もちろん。楽しみにしてるな」

順調な生活に幸福を覚える傍ら、小さな不安が常にあることには、気付かないふりをする。いつかまたこの幸せが何かの拍子に壊れてしまうかもしれないと感じるのは、過去のことがまだ清算できていないからだ。それがわかっていても今はただ、この優しい空気の中に少しでも長く浸っていたかった。

3

映画の仕事が始まって数日。

鷹人は朝早くに出て行き、夜遅く帰ってくる日が増えた。それでも今はまだ忙しくないほうらしく、これからは泊まりこみや深夜に帰宅することが増えるとのことだった。鷹人を最大限サポートできるよう今度はきちんとスケジュールを聞いて頭に入れてあるが、撮影期間は予定があってないようなものらしい。

昨夜は少し遅く帰宅してなんだか疲れた様子だったので早々に休ませたのだが、案の定時間になっても鷹人が部屋から出てこない。初めての仕事、しかも重要な役どころで慣れないことの連続のようなので、心労が大きいのだろう。

今日も朝から仕事があるのでそろそろ起こしにいかなければならないのだけれど、もう少し寝かせてやりたい気持ちもある。だからといって遅刻はさせられないので、修司は開店作業の合間に二階の部屋へ向かった。

「鷹人、起きてるか？」

扉をノックしても、反応はなし。どうやら寝ているらしい。仕方なく扉を開けて中を覗くと鷹人はベッドで気持ち良さそうに眠っていた。近付いていっても微動《びどう》だにせず、熟睡しているようだ。

「鷹人、朝だぞ。仕事遅れるから起きろ」

すやすやと寝息を立てている鷹人は、顔の力が抜けているせいか小さい頃の面影《おもかげ》が見えた。大人びたと思っていたけれど寝顔は昔のままで、どこか安心してしまう。修司のベッドに潜り込んできていた、あの頃の鷹人に。

鷹人は雨の日に迎えに行った日以来、雷が苦手になり、雷の夜は必ずと言っていいほど修司の部屋へやってくるようになった。手を握り、怖がる鷹人が眠るまで辛抱《しんぼう》強く慰めてやることが修司は嫌いではなかった。頼りにされているのだと感じたし、甘えられることも嬉しかった。それから鷹人の温かさを感じることで、自分も安心していたのだと今になって思う。

中学に上がってからはさすがにベッドに潜り込んでくることはなくなったけれど、雷が平気になったわけではないみたいだった。

そんな鷹人も今は立派に成長して、今度は映画に出るというのだから、時の流れは恐ろしい。鷹人は鷹人のままだけれど、いろんなことが変わっているのだ。

「おい、鷹人。起きろって。時間だぞ」

なかなか起きない鷹人の体を揺すってみると、ようやくぴくりと反応が返ってくる。まぶたが薄く開き、眩しかったのか眉間にぎゅっとしわが寄る。

「しゅうじ……?」

「お。鷹人、起き……」

次の瞬間、布団の中から伸びてきた鷹人の右手が修司の二の腕を掴んだかと思ったら強く引かれ、ベッドにダイブしそうになった。なんとか堪えたものの上半身が倒れ、鷹人の胸に顔を押し付けた体勢になる。

「な……、鷹人、なに……」

そのまま伸びてきた左腕に体を引き上げられて、あっという間にベッドの中に引きずり込まれてしまった。

突然のことに抵抗する暇もなく、されるがまま枕かぬいぐるみのように抱きしめられて頭が真っ白になる。鷹人の力強い腕の感触と、体温に温まった布団。当然のように鷹人の

匂いに満ちていて、自身の状況を理解すると一気に全身が総毛だった。

早く逃れなければ、と考えた直後、鷹人の唇が首の辺りに当てられてぞくっとした電流のようなものが背中を走っていった。うなじの辺りがきゅうと切なくなって、それが全身に広がっていく。

「……ッ、たか、と」

うなじはアルファによって噛まれると、番と呼ばれるパートナーになる箇所だ。近い部分に触れられて、体が急激に反応してしまったのだろう。それでなくても鷹人の匂いに包まれて、気を張っていないとおかしな気分になってしまいそうだというのに、寝惚けてなんてことをしてくれるのだ。

気持ちとは裏腹に上がっていく体温にパニックに陥りながらもがいていると、鷹人ののん気な寝顔が目に入って急に怒りが湧いた。じたばたと転がるようにベッドから抜け出し、苛立ちに任せて鷹人の頭にじいちゃん直伝のげんこつを振り落とした。ごちん、と良い音が響いてようやく鷹人の目が意識を持って開く。何が起こっているのかわかっていない様子で、鷹人は修司を見上げた。

「遅れるぞ！　仕事なんだろ！」

赤くなった顔を見られたくなくて、腕で顔を隠しながらそれだけ言って急いで部屋を出た。店舗のカウンターまで足をもつれさせながら歩いていき、へなへなとしゃがみ込む。

「くそ……っ、不意打ちだった」

ポケットを探り、抑制剤を飲み下す。慣れると思っていたのに一向にそんな気配はなく、むしろ動揺する回数が増えている。こんなことじゃダメなのに、どうしても制御できない。

なんとか立ち上がり、シンクに手をついたまま溜め息をつく。鷹人が寝惚けて何をしたのかわかっていないようで助かった。ついげんこつしてしまったけれど、理由もなく殴られたように感じたかもしれないのは悪かったと思う。だけど、あんなに体が反応してしまったのが恥ずかしくて、何事もなかったみたいに振る舞うことはできなかった。

とてもじゃないが開店作業はすぐにできなくて、頭を冷やすために外に出た。抑制剤が効いてくるまでの間、鷹人から離れる必要もある。開店が遅れてしまうのは心苦しいけれど、こんな顔じゃ店に立つことはできない。

近所を一周して朝の空気を吸い込むとだいぶ落ち着いて、開店の五分前には店に戻ることができた。裏口から入るとちょうど鷹人と鉢合わせて、気まずさを払拭しきれないままおはよう、とだけ言った。鷹人は身支度を済ませており、あの後ちゃんと起きて準備をしたらしい。

「修司、どこ行ってたんだよ。具合でも悪いのか」

「いや、ちょっとな。それより時間だろ。早く行ったほうがいいんじゃないのか」

「ああ、うん。起こしてくれて助かった。痛かったけど」

「はは、悪かったよ」

まるきり覚えていない様子に安心したような腹立たしいような、だけど上手くやり過ごせたことにほっとする。まだ少しうなじの熱が引かないことには、気付かないふりをして。

「じゃあ、行ってくる」

「あ、待て鷹人。これ持って行け」

「なんだ?」

鷹人に手渡した紙袋に入っているのは、好物の昆布のおにぎりだ。寝坊が確定した時点で作っておいたのだ。移動中に食べられるように。

鷹人は紙袋の中身を確認すると、驚いたように顔を上げた。そして修司を見てははにかむように笑ったのだった。

「サンキュ。行ってきます」

「おう、行ってらっしゃい」

鷹人を見送り、思わず気が抜けてまた溜め息が漏れてしまったけれど、鷹人が毎日充実した顔でいるのは修司にとってても嬉しいことだった。鷹人の仕事が上手くいき、じいちゃんの病気が一日でも早く良くなるのなら、できることはなんでもしたい。

＊＊＊

できることをする、と決めたはいいものの。先立つものがなければ話にならない。

店が落ち着いたタイミングで帳簿を広げた修司は、難しい顔を余儀なくされていた。

喫茶店の売り上げは上々。だけど、じいちゃんが入院する直前に改装をしたことに加え、エスプレッソマシンを新調したおかげで貯金が心許ない状況になっていたのだ。入院や手術の費用は保険がおりる予定だけれど、自分のせいで個室料金になってしまったのは予想外の出費だった。それから鷹人が店の手伝いを抜けた穴が大きく、バイトをもう一人雇わなければ店をまわすことは難しくなってきた。借金をするほどでもないけれど、これからの医療費を考えると蓄えはできるだけ多いほうがいい。

悩みに悩んで、修司は高校時代にやっていたスーパーの夜間警備のバイトをしようと思い立った。この前馴染みの店員さんが人手不足だとぼやいて募集の貼り紙をしていたから、きっと雇ってもらえるはずだ。喫茶店が閉店した後の、夜の九時から十二時半まで。短時間だけれど時給も悪くないので、生活費の足しにはなる。

帳簿を閉じて目に入ったのは、鷹人の名前が入った通帳。帰ってきた時に、鷹人が少ないけど使って欲しいと修司に手渡してきたものだ。恐らく、鷹人の全財産。モデルの仕事をしながら自力で大学に通った鷹人のお金を使うのはどうしても気が引けて、手をつけられないでいる。このお金は、鷹人に自分のために使って欲しい。じいちゃんにも相談して、通帳だけ預かっている状態だ。返したらきっと、鷹人は怒るだろうから。

帳簿と一緒に通帳をしまい、修司は気合いを入れ直してキッチンに立った。客の少ないこの時間帯に、じいちゃんのお見舞い用に好物の煮しめを作るつもりなのだ。今日は検査結果を聞きに病院に行くので、店も早めに閉める予定だ。良い報告を鷹人にできるよう、修司には祈ることしかできないけれど。

「暗い顔をするんじゃない」

そう言ってじいちゃんは修司の背中を思い切り叩いた。痛くて変な声が出たが、修司はじいちゃんの言うことはもっともだと思って反省した。

ランチタイムを終えてすぐに向かった病院。じいちゃんと一緒に医者から聞かされた経過説明とこれからの治療方針は、あまり芳しくないものだった。

手術自体はうまくいったとのことだったが、胸部の痛みが引かないことに加え検査の数値も完全とは言えない点があり、入院生活はまだ続くことが決まった。このまま順調に退院できると期待していたけれど、現実はそう甘くなかった。

だけどじいちゃんの言う通り、暗い顔をしているわけにはいかない。じいちゃんも鷹人も頑張っている今、自分がしっかりしなければ。

「先生も薬で何とかなるって言ってるし、俺自身こんな元気なんだ。すぐに治る」

「……うん。じいちゃんの言う通りだよな。そうだ、煮しめ作ってきたんだ。食べられそうだったら、夕飯の時にでも食べて」

「おっ、いいな。病院食は味が薄いから飽き飽きしてたんだ。ありがとうな」

ベッド脇の冷蔵庫に煮しめをしまい、椅子に腰かけるとじいちゃんにぐりぐりと頭を撫でられた。食欲はないだろうに気を遣われて、あまつさえまた励まされてしまったことを情けなく思う。

「……ごめんな、じいちゃん」

「何を謝ってんだ。お前は頑張り過ぎるところがあるからな。適度に楽しろって昔から言ってるだろ。顔色が悪いぞ」

「そんなことない。俺は元気だよ。店が繁盛してるから、ちょっと大変なだけ」

「だったらいいけどな」

店が順調なのは本当のことだが、今後のためにバイトを始めようと思っていることはじいちゃんに言うつもりはなかった。反対するに決まっているし、きっと余計な心配をかけてしまうだろうから。それにバイトは高校時代もやっていて、その時は学校と喫茶店の手伝いとバイトを両立させていたのだ。だから、何も問題はないはずだ。

「修司、鷹人とはうまくやってるのか」

ふとじいちゃんが静かな声で問いかけてきて、修司は顔を上げる。じいちゃんはずっと兄弟仲の修復を望んでいて、だけどこうして直接聞かれたのは初めてだった。

「うん。うまくいってる。心配ないよ。最近少し忙しそうで疲れて帰ってくるんだけど、撮影は楽しいみたいだ」

「そうか、そりゃ良かった」

「――それに、俺もちゃんと抑制剤飲んでるから」

じいちゃんは、五年前に兄弟の間で起こったことを知っている。当時はきっとすごく困惑しただろうに、決して修司を責めたりしなかった。むしろ保護者としてアルファとオメガの二人をきちんと見守ってやれなかったことを悔いていて、だからこそ兄弟仲が戻ることを強く望んでくれているのだと思う。悪いのは対策を怠ったオメガの修司なのに、優しいじいちゃんは自分を責めている。だからじいちゃんのためにも、鷹人と元通りの関係を一日でも早く取り戻したかった。

「緊急用のほかに、常飲用も処方してもらったんだ。だから、二度と鷹人を巻き込まない。心配しないで」

じいちゃんは修司の顔を複雑な表情で見つめ、そうか、と少し寂し気に呟いた。

鷹人の匂いに反応はしてしまうものの、発情抑制剤は効いている。本格的な発情をしたりフェロモンが漏れたりはしていないから、きちんと効果は出ているはずだ。飲み始めた常飲用のものは量が多い上に少し高価なので、実はバイトは抑制剤代を稼ぐつもりでもあった。ただひとつ懸念があるとすれば、三ヶ月ごとの発情期だけだ。避けては通れないものだけれど、対策を万全にしておけばきっと大丈夫。鷹人にもアルファ用の誘引抑制剤を飲んでもらえれば、より安心なのだけれど。

その時ポケットの中でスマートフォンが震え、画面を確認すると鷹人からのメッセージが表示されていた。じいちゃんの検査結果を尋ねる内容に、修司はどう返事していいか迷う。文字だけでは、きっと気落ちさせてしまう。

「じいちゃん、俺そろそろ行く。また明日くるから」

「ああ。別に忙しかったら毎日こなくてもいいんだぞ」

「くるよ。鷹人にもじいちゃんの様子伝えるって約束してんだ」

今度の「そうか」が嬉しそうでほっとする。病院に通うことは全く苦ではないし、むしろ修司がじいちゃんの顔を見たくてきていることは、言わないでおく。

病院を出てすぐ、鷹人に電話をかけた。じいちゃんの状況を伝えるとやはり沈んだ様子が伝わってきて、修司は精一杯明るい声を出す。

「あんまり心配し過ぎると、また年寄り扱いするなって言われるぞ」

『うん。空き時間できたら顔見に行くよ』

「そうだな。逆にじいちゃんが鷹人はちゃんとメシ食ってんのかって心配してたから、安心させてやれ」

『ああ……、うん』

妙に歯切れの悪い返事に、鷹人の様子がおかしいことに気付いてしまう。昔から鷹人は嘘をつくのが下手だった。無表情で声も低めなので他人にはわかりづらいらしいのだが、修司にはすぐわかる。

『あ、そうだ。今日遅くなるっていうか帰れないかも。大御所の杉本《すぎもと》ナントカっていう人の撮影が押してて』

「そうなのか、わかった。無理すんなよ。それより鷹人お前、何か隠してるだろ。現場でちゃんとごはん食べてないのか。ケータリング出てるって言ってたよな」

『…………、まあ、うん』

やっぱりそうだ。この様子だと、鷹人はちゃんと食事をとっていない。帰ってきてからは食べられるものが増えていたし、家では残さず食べていたから偏食は良くなったのだと思っていたのに。

「食べないと体力持たないぞ」

『わかってる。けど、無理なもんは無理』

鷹人曰く、撮影現場で出るケータリングや弁当が主演の俳優の好みで味が濃いものやスパイシーなエスニック系が多いのだそうだ。鷹人はどちらも苦手で、最近は家でしかまともな食事をとっていなかったらしい。鷹人にしては珍しい食べっぷりだったので疲れて腹が減っているのかと思ったら、そんな事情があったなんて。今日も朝に持たせたおにぎりしか口にしていないようで、修司は頭を抱える。

「鷹人……、少しはマシになったと思ってたのに、偏食治ってなかったのか」

『修司の作るもんなら美味しく食べられるだけ』

「お前なあ……」

盛大に溜め息をつくと、電話の向こうで鷹人が押し黙った。自分でも一応食べていないのがまずいことだとはわかっているらしい。それだけでも昔よりは進歩しているのだけれど。

「なあ、弁当作って行ってやろうか」

『え？』

「今日はもう店もお見舞いも終わったし、これから作って届けてやる。遅くなるんなら、ちゃんと食わねえと」

『え、いやでも、修司は休めよ。最近顔色よくないし』

「大丈夫、弁当くらいすぐできる。リクエストあれば今聞くぞ」

鷹人も最初は渋ったものの、結局は弁当を作って撮影現場に届けることになった。中には関係者以外入ることができないのでマネージャーの奥村に預けるよう言われ、早速帰宅してキッチンに立った。鷹人からのリクエストはチャーハンで、その他にもミートボールや中華スープも作っていくことにする。朝からおにぎり以外を食べていないのならお腹をすかせているだろうし、量も多めに用意した。それから、奥村用にコーヒーの差し入れも。

それにしても、鷹人はいつからちゃんと食事をとっていなかったのだろう。もしかして撮影が始まってからずっとだろうか。気付けなかったことを反省しながら、修司は手際よく弁当を完成させ撮影現場に車を走らせた。

ナビを頼ってなんとか目的地にたどり着いた時、辺りはすっかり暗くなっていた。想像よりも大きな撮影スタジオに感心しながら車を降りて歩いていくと、正面玄関から奥村が手を振っているのが見えた。

「奥村さん、こんばんは。わざわざすみません」

「いいのよ、鷹人にお弁当作ってきてくれたんでしょう。助かるわ。ねえ良かったら少し見学していかない？　鷹人、今ちょうど撮影中なの」

「え、いいんですか？　ぜひ」

鷹人が仕事をしているところは一度も見たことがなく、興味があったので二つ返事で見学させてもらうことにした。弟が頑張っている姿を見たくない兄がいるわけがない。鷹人は嫌がりそうだと思ったけれど、少し見てすぐに帰ればいい。

「こっちよ。静かにね」

奥村に連れられて入ったのは、天井の高い大きな撮影所だった。中は暗く、奥の照明に照らされている場所に人だかりができている。マンションかアパートの一室のようなセットを取り囲むように大きなカメラや機材が並んでおり、現場はピリピリとした緊張感に包まれていた。

そしてその中心。そこには一際存在感を放つ鷹人が立っていた。光の真ん中、鷹人の真剣な表情は、修司が見たことのないものだった。

「鷹人、格好良いでしょう。カメラの前に立つと化けるのよね」

「……はい。びっくりしてます」

身内のひいき目を抜きにしても、鷹人はこの場の誰よりも格好良かった。思わず見惚れてしまうほどに一挙手一投足に引き込まれる。詳しいことは聞いていなかったけれど、鷹人はやはり修司が原作を読んでぴったりだと思った役だった。思った通り、小説の登場人物がそこにいるかのようで、鷹人なのに鷹人ではない、不思議な感覚に陥った。

不意に、鷹人の腕が相手役の女優を抱き寄せた時に、修司は胃の辺りがじくりと痛む感覚に襲われた。鷹人の腕を解いて女優が走り去ったところでカットがかかり、一気に人が動き出す。突然現実に引き戻され、修司は無意識に詰めていた息をゆっくりと吐き出した。

鷹人が演技しているところを初めて見て、胸の高鳴りが収まらない。少しも目が離せなくて、鷹人が少し遠くへ行ってしまったような気さえした。

「――関係者の人ですか？」

「えっ？」

突っ立っていたところに急に話しかけられ、驚いて肩がびくんと跳ねた。振り返ると長身の男が修司の顔を覗き込んでおり、その近さに思わず一歩後退った。気が付くとついさっきまでそこにいたはずの奥村の姿がなく、一人取り残されてしまっている。これでは不審がられても当然で、修司は弁当を抱えたまま困り果てた。

「あの、俺は春川鷹人の……」

「ねえ、君、良い匂いするね」

男は後退した修司を追うように近付いて、身をかがめてくんくんと匂いを嗅ぎだした。修司が驚いて後退るのに、男もまた追ってくる。自分では全く気付かなかったけれど、良い匂い、ということは弁当の匂いが漏れていたのかもしれない。

それにしても至近距離で見る男の顔は綺麗に整っていた。この人も映画に出ている俳優なのだろうか。修司はあまりテレビも映画も観ないので、よくわからないけれど。

「芹沢さん！　すみませんその人、私の連れです」

奥村が慌てて戻ってきて、隅に追いやられそうになっていた修司を救出してくれる。そして奥村から出た「芹沢」という名前に遅れて反応した。

「え、芹沢って、小説の？」

「ええ、そうよ。原作者の芹沢冬馬さん。芹沢さん、こちら春川鷹人のご家族なんです。

今日は少しお邪魔させてもらっています」

奥村と一緒に頭を下げながら、まさかの芹沢冬馬の登場に驚きを隠せない。こんなに若くて綺麗な男性だとは思わなかった。修司の小説家のイメージとはかけ離れたイケメンっぷりで、にわかには信じられない。

「え、家族ってことはお兄さんとか弟さん？」

「はい、兄です」

「――オメガなのに？」

突然の芹沢の言葉に背筋が凍り付く。修司がオメガだということに、芹沢は気付いている。どうしてわかったのだろう。修司は幸いにも見た目がオメガらしくないので、初対面で言い当てられたのは初めてだった。

オメガは一般的に小柄で愛らしい印象だが、修司は身長も低くないし、意識してベータに見えるよう軽い筋トレなんかもしているのだ。もしかして、さっき匂いを嗅がれていたのはオメガのフェロモンが漏れていたからだろうか。ハッとして、すぐにでも抑制剤を飲みたい気持ちでいっぱいになる。

「鷹人くんはアルファだよね。お兄さんがオメガなんて珍しいね」

芹沢の言葉に何も言えずにいると、急に腕を引かれて後ろによろける。芹沢から庇うように修司の前に立ち塞がっているのは、鷹人だった。

「兄でオメガですけど、俺のなんで」

　一瞬、鷹人が何を言ったのか呑み込めず、けれどすぐに驚愕した。一体何を言うのかと焦る気持ちと、ピリピリした鷹人の雰囲気に修司は完全にパニックになる。奥村が横で困った顔をしながらお手上げのポーズを取る。

「そうなんだ。可愛いお兄さんだね」

　芹沢は意に介した様子もなく、笑ってそれだけ言うとその場を離れていった。鷹人は修司の手を離さないまま、ずっと芹沢の後ろ姿を睨みつけていた。

「芹沢さん、今日きてたのね。あの人才能もあって格好良いけどとんでもない遊び人って噂のあるアルファなの。鷹人が咄嗟に庇ってくれて、お兄さん助かったかも」

「そ、そうなんですか……」

　なるほど、と鷹人の言葉が腑に落ちてほっとしたような、またみぞおちの辺りが痛むような、複雑な気持ちを持て余した。オメガだとバレた修司を守るために、鷹人はあんな言い方をしたのだ。

「……嘘なんか言ってない。それより、修司。危機感なさ過ぎなんじゃねえの」

「え？」

「ぼーっとしてるから、アルファに絡まれるんだろ。自覚しろよ」

鋭く睨まれて、修司は何も言い返せなかった。理不尽な言い分だとは思ったけれど、過去にオメガとして過ちを犯したことのある修司には刺さるものがあった。言葉に詰まっていると、鷹人はそのまま修司の腕を引いて歩き出した。引きずられるようにして撮影所を後にし、連れて行かれたのは鷹人の控室だ。六畳ほどの部屋は荷物や私物がごちゃごちゃと置いてあり、雑然としていた。

椅子にどっかりと腰を下ろした鷹人は明らかに不機嫌で、さっきの撮影中と同一人物とは思えなかった。メイクをして髪も綺麗にセットされて見た目は役柄のままなのに、その表情は修司のよく知る素の鷹人だった。

「もう、せっかくお兄さんがきてくれたのに、いつまで怒ってるの」

「あの、奥村さん。俺のことなら気にしないでください」

気を取り直してテーブルに弁当を広げると、鷹人はしかめっ面のまま律儀に「いただきます」と言って黙々と食べ始めた。その様子を奥村が何故か感動しながら見つめており、修司は急に肩を掴まれたので驚いた。

「鷹人があんなにごはんにがっついてるの、初めて見たわ……！」

「え、そうですか。家ではいつもあんな感じですけど」

「そうなの？　好き嫌い多いのは前からだったけど、映画の撮影始まってからはほんとに食べなくなっちゃって困ってたの。鷹人ったら水とゼリー飲料しか飲まないのよ！」

「ちょっと奥村さん、修司に何言ってんだよ」

さすがにバツが悪かったのか鷹人が口を出してきたが、修司がじろりと見るとサッと視線を逸らした。小さい頃から鷹人に食べさせるのには本当に苦労したけれど、修司が見ていないところでは今も立派に偏食らしい。

「お兄さん、良かったらこれからも鷹人にお弁当作ってきてくれないかしら」

「え？」

「これからの長丁場、こんな食生活じゃやっていけないわ」

「そ、それもそうですね」

奥村の勢いに押されて頷くと、鷹人がまたもや不機嫌な声を出す。

「それはいい。修司はもうここにはこなくていい」

きっぱりと言うのでちょっとショックを受けてしまったが、奥村がにやりと笑うので修司は戸惑った。

「バカねえ、心配しなくても芹沢さんは今回たまたま見学にきてただけだから大丈夫よ」

「な、別にそういう意味じゃ……」

「ほんとブラコンなんだから。お兄さんも大変ね」

たちまち鷹人と奥村の言い合いが始まり、修司は置いてきぼりにされてしまう。前も思ったけれど、鷹人は奥村には本当に心を許しているらしい。それが嬉しいようで少し寂しい気もするのは、修司の勝手な感傷だろうか。

「お兄さん、お弁当タダとは言わないわ。必要経費だもの、報酬はきっちり払います」

「え？　本当ですか？」

報酬の言葉に修司はぴくりと反応し、身を乗り出す。本当は鷹人のお弁当くらい毎日普通に作ったって構わないのだけれど、今は少しでも蓄えが欲しい。

「お兄さんの手が空いた時でいいわ。お店もあるものね。朝に持たせてくれるのでもいいし、今日みたいに配達してくれるなら交通費も払います」

「――わかりました、引き受けましょう」

好条件に即決すると、鷹人がまた嫌がって「いらない」と抵抗してくる。そんなに拒否されると少し傷付いてしまうが、このチャンスは逃せない。それに、鷹人の食生活は修司にとっても本気で心配すべき問題なのだ。

「じゃあ配達の時、俺は現場には入らない。奥村さんに預けてすぐ帰るならどうだ」

それなら、鷹人が嫌がる芹沢というアルファとの接触も避けられる。鷹人はぐっと言葉に詰まり、しばらく悩んだあとに渋々了承してくれた。奥村と修司は喜び、これからの修司の仕事に弁当作りが追加されたのだった。

少し大変になるだろうけれど、鷹人のためになるのならなんてことはない。それに最近は一緒に食卓を囲めなかったから、食事を作ることだけでも嬉しいのだ。

無理はしなくていい、と言う鷹人は最後まで複雑そうな顔をしていたけれど、修司は張り切って弁当用のメニューをあれこれ考えるのだった。

4

最近のプリマヴェールはいつもより約一時間早い、夜の七時には閉店する。店を閉めて修司が向かうのは病院で、面会時間ぎりぎりまでじいちゃんと過ごした後、週に三、四日ほど夜間警備のアルバイトに勤《いそ》しむ。その合間に鷹人の弁当を作り、撮影現場に配達もしている。

正直疲れは溜まる一方だけれど、じいちゃんと鷹人の顔を見ると不思議と力が湧いて頑張ることができた。帰宅の時間が不規則な鷹人に警備のバイトがバレないようにするのは骨が折れるが、今のところなんとかなっている。そのうち感付かれてしまいそうだけれど、その時はその時だ。

今日は月に二度の定休日で、昼に合わせて鷹人の弁当を二食分、奥村に預けてきた。夜は警備のバイトもないので久しぶりにゆっくりしつつ、溜まった家事を片付けようと決めている。あくびをしながら車を走らせていると雨が降り出してきて、みるみるうちに雨足が強くなっていった。家に着いた頃にはどしゃ降りになっており、車を停めてから修司は急いで店舗側にまわって、軒先の鉢植えを雨が当たらないようひさしの下に寄せた。そのまま中に入ろうとした時、急に誰かに腕を掴まれ驚いて振り返ると、そこにはびしょ濡れの芹沢の姿があった。急に降ってきたからか、髪も服もバケツの水を被ったみたいに濡れている。

「え……っ、芹沢さん？」

「やっぱり、春川鷹人くんのお兄さんだ。久しぶり」

まるで雨に降られてなんかいないような人懐こい笑顔で言われて、見た目との落差に拍子抜けしてしまう。前も少し感じたけれど、変わった人のようだ。

「あの、大丈夫ですか。ずぶ濡れですけど」

「ああ、うん。道に迷ってたら降られちゃって、どうしようかと思ってたら、お兄さん発見したんだよね」

にこにこしながら言うので調子が狂う。道に迷っていたというのはこの辺は少し入り組んでいるので納得したが、修司は少し悩んでしまう。本当なら店に寄ってもらってタオルと傘でも貸してあげたいところだが、相手はアルファだ。しかも、修司がオメガだと知っている。

だけど、ここは駅まで歩いて十五分ほどかかる場所だし、そもそもこの状態のまま送り出すのは気が引けた。しかし修司の発情期がまだ先とはいえ、アルファと無用に近付くことは避けたいところだった。その時、芹沢が盛大なくしゃみをして、修司は仕方なく腹を決めて店に寄ってもらうことにした。店先でほんの少しの時間だけだから、きっと大丈夫。何より風邪でも引かれてしまったら、なんだか責任を感じてしまう。

「喫茶店やってたんだね。お兄さん似合う」

「そうですかね。初めて言われました」

店に招き入れた芹沢は相変わらずマイペースで、まるで小さな子供と話しているような気になった。それでもタオルと着替えを取りに行きがてら抑制剤を飲み、対策はする。抑制剤を飲み過ぎている自覚はあったし、処方している医者にも指摘されたばかりだったけれど、それでも何かあった時のために飲まずにはいられない。

店に戻ると芹沢は店内をしげしげと観察しており、修司に気が付くとまた笑顔を見せた。

たな」

「雰囲気良いね。俺コーヒー好きでコーヒー屋さんよく行くんだけど、ここは知らなかったな」

「下町の小さい店ですから」

「お兄さんの淹れたコーヒー、飲んでみたいなあ」

期待を込めた瞳に困っているともう一度飲みたいなあと繰り返されて、修司はコーヒーを淹れることにした。他意があるようには見えなかったし、それに外はまだどしゃ降りだから、すぐに追い出すわけにもいかない。

着替え終わったタイミングでコーヒーを出してやると、芹沢は美味しいと大袈裟なくらい喜んだ。タオルで拭いた髪が見事にくしゃくしゃの芹沢に毒気を抜かれて、修司も少しだけガードが緩む。この人はたぶん、恐ろしく素直なのだ。

「コーヒーも美味しいしタオルも良い匂いだし、なにかお礼しなきゃだね」

「いいですよ、お礼なんて。あ、でも」

ふと、修司はじいちゃんのためにサインを貰うことを思いついた。鷹人に頼んでいたことだけれど鷹人はすっかり芹沢を毛嫌いしているようだし、今が絶好のチャンスだ。急いで部屋に小説本を取りに行き、カウンターを出て芹沢の前に立った。

「良かったら、サイン貰えませんか。じいちゃんが芹沢さんの大ファンなんです」

「そうなの？　嬉しいな。本も買ってくれたんだ。サインなんていくらでもするよ」

「ありがとうございます。喜びます」

芹沢は慣れた様子で表紙の裏側にサインとじいちゃんの名前まで書いてくれた。サイン本を受け取り、修司も嬉しくなる。

「俺も読みました。すごく切なくてあったかくて、素敵でした」

「ありがとう。こうして感想聞くことあんまりないから、照れるなあ」

「俺、鷹人が今やってる役の慎一《しんいち》がすごく好きです。人間味があって、一番身近に感じたっていうか」

「……そうなんだ」

鷹人が演じる慎一は、物語の上では主人公と対照的な、いわゆる邪魔者的な存在だった。たまに暴走するけれど根が優しく、痛ましいほどに一途にヒロインを想う姿が印象的で修司の心に残った。だから、鷹人が慎一の役をやると知った時は本当に嬉しかったのだ。

「慎一が報われればいいのにって何度も思って、それだけが心残りで。……って、すみません、物語に文句があるわけではないんですけど」

慌てて弁解したけれど、慎一がラストシーンでほとんど描かれていなかったのは本当に気になっていたことだった。芹沢は本に目線を落としたまま「うん」と頷き、さっきまでとは打って変わっておとなしくなってしまった。何か失礼なことでも言ってしまっただろうかと不安になるが、顔を上げた芹沢は笑顔に戻っていた。

「ありがとう、嬉しいよ」

ほっと胸を撫で下ろし、受け取った本を大切に眺める。明日の夜にでもじいちゃんに持って行ってやろうと思い、喜ぶ顔を想像して口元が綻んだ。

「それはそうと、雨やまないですね」

窓の外を確認しながら、当分やみそうもない空模様を見る。傘を貸すつもりだけれど、この勢いなら駅までの道で足元はまた濡れてしまうだろう。今日は雨の予報ではなかったはずなのに。

「お兄さん、名前なんていうんだっけ」

「え？　俺は修司っていいます。春川修司」

「修司くん」

振り返った時、芹沢があまりにも近くにいたのでびくりと肩が揺れた。まずい、そう思った時にはすでに遅く、壁際に追い込まれていた。

「あ、の、芹沢さん」

「もしかして抑制剤飲んだの？　せっかく良い匂いしてたのに」

出会った時のようにかがんで匂いを嗅がれ、両肩を掴まれて身動きできなくなる。

「せ、芹沢さん。離してください」

「ちょっとだけ」

ほとんど抱きしめられた状態で首筋に鼻先を当てられ、ゾクッとした震えが全身を襲った。思わず芹沢を突き飛ばそうと手が出たが、逆にその腕を掴まれる。力が全然入らなくて、抵抗もままならない。うなじの近くに触れられて体が反応したのは初めてのことではないのに、鷹人の時との違いに愕然《がくぜん》とした。今はただ、その感覚が不快で芹沢が怖くて仕方ない。それでもされるがままになるのは嫌で、精一杯芹沢を押し返し、睨みつける。すると芹沢は修司をじっと見つめ、やがて困ったように眉を下げた。

「——もしかして嫌だった？」

「え……？」

「あ、そうか。修司くんは鷹人くんのものなんだっけ」

残念だな。そんなことを言いながら芹沢が離れていき、あっさりと解放される。手が震えて体に力が入らない。芹沢がカウンターから自分の荷物を取るのを、修司は見ていることしかできなかった。

「コーヒーごちそうさま。ごめんね」

カラン、とドアベルが鳴り、芹沢は雨の中に飛び出していく。扉が閉まり、雨の音が響くだけの静寂が戻ると修司はその場に座り込んでしまった。腰が抜けて、しばらくは立てそうもない。心臓がまだバクバクと鳴っていて、脂汗が滲んでいた。

怖かった。

虚勢を張って芹沢を睨みつけたものの、アルファにオメガは敵わないということを突き付けられた気がしていた。先回りして抑制剤を飲んでいなかったら、嫌だという意思表示すらできなかった気がしてならない。それくらい、芹沢がアルファとして強者だということは嫌でもわかってしまった。あのまま迫られていたら、ろくな抵抗もできない自分が容易に想像できてしまい、そんな自分を嫌悪した。

もう二度とオメガとして誰とも体を繋げたくない。そう強く思ってきたはずなのに。

床に座り込んだまま、修司は自分の腕をぎゅっと抱く。思い出すのは五年前のあの夜。

鷹人とセックスした日のことだ。

あの日、一切嫌悪を感じなかったのは鷹人が近しい存在だったからなのだろうか。それとも発情期のフェロモンに狂わされていたからなのか。

今となってはわからないけれど、修司はあの日のことをずっと忘れられず、繰り返し夢に見ている。

5

十八歳の夏。

修司に初めての発情期がおとずれたのは、蒸し暑い夜だった。

当時高校三年生だった修司は学校に通いながら喫茶店を手伝い、夜は夜間警備のバイトと忙しく動き回る日々を送っていた。じいちゃんはバイトなんかしなくてもいいとずっと言っていたけれど、家計に余裕がある訳でないことを知っていたため鷹人と自分に必要なものは自力で揃えられるように反対を押し切って続けていた。それから高校を卒業したら喫茶店を本格的に手伝いたかったのでバリスタの資格取得のための勉強も欠かさず、高校生にしては多忙な毎日を送っていたのだった。

鷹人も修司がアルバイトを始めてまもなく、スカウトされてモデルの仕事をするようになった。どちらかと言えば目立ちたがらない鷹人がモデルをやることを決めた時は驚かされたが、鷹人曰く給料が他のバイトに比べて破格に良いことと、協調性がなくてもできるからとのことで、なんだか納得して笑ってしまったのを覚えている。

あの頃は兄弟仲も良く、じいちゃんと三人の暮らしが楽しくて仕方なかった。ずっとこうしていられるのだと、信じて疑いもしなかった。

修司の発情期は高校三年の十八歳になっても始まらず、一般的には遅過ぎる年齢に達していた。オメガとしての知識指導は定期健診時に病院で受けていたものの、自分以外のオメガが周囲にいなかったことも手伝い、危機感はなかった。アルファの鷹人と暮らしている以上、本来ならば余計に気を付けなければいけなかったのに、日々の生活に追われて後回しになっていたことは否めない。

じいちゃんは修司の発情期のことを気にかけてくれ、兄弟の部屋を分けるために自室を修司に譲って書斎に移る等、協力してくれた。けれど修司自身の自覚が薄かったために何を尋ねられても大丈夫としか言わず、本当に何とかなると思い込んでいたのだ。発情期の恐ろしさを何も知らずに。

かといって何も対策していなかった訳ではなく、修司のオメガ性を知っている学校の養護教諭がくれた一回分の抑制剤だけは、欠かさず持ち歩いていた。発情期がきたらそれを飲み、改めて薬を買いに行こうと思っていたのだ。発情期にそんな悠長なことは言っていられないなんて、思いもしなかったから。

そんな中でやってきた、初めての発情期。

その日は喫茶店を閉めた後、じいちゃんが町内会の集まりと称した飲み会に出掛け、鷹人もモデルのバイトで家には修司一人だけだった。夕飯を済ませ、鷹人の帰りが遅いことに気が付き電話をかけてみたのは夜の十時頃。コール音のあと、通話が繋がったと思ったら聞こえてきたのは女の人の声で、驚いた修司は思わず電話を切ってしまった。その後もかけ直すことはできず、鷹人から折り返しがくることもなかった。

若い女の人の声だったけれど、誰だったのだろう。鷹人の事務所の人かもしれない。だけど、勝手に人の電話に出るだろうか。そもそも事務所の人ではなくて、彼女と考えるほうが自然だ。鷹人からそんな話は聞いたことがないけれど、もともと女子には人気があるし、修司に言わないだけでその可能性は十分にある。

ぐるぐると悩んで胸に黒いものが溜まっていき、もう一度電話をかけてみようとスマホを手に取ったその時。体の中で大きな塊《かたまり》が弾け、熱が一気に溢れ出してくのを全身で感じた。

発情期がきた——そう思ったのは一瞬で、激しい情欲の波に襲われすぐに思考は散漫になった。お腹の中心が熱くて、連動するようにお尻が疼《うず》く。落としたスマホを拾う余裕もなく、修司はその場に膝をついた。

混乱の最中、思い出したのはスクールバッグの中の抑制剤。あれを飲めばなんとかなる。一刻も早く薬を飲んでこの嵐のような熱さから解放されたい。その一心で修司は二階の自室まで辿り着き、震える手で抑制剤を口に放り込んだ。

　そのままベッドにうずくまり、震える体を持て余す。薬が効いてくるまでどれくらいかかるのかはわからないが、それまでこの状態が続くのだと思ったら気が遠くなりそうだった。全身が熱くてたまらなくて、一秒だって我慢できそうもない。

　手が勝手に下半身に伸び、部屋着のスウェットの上から触っただけでも腰が跳ねるほど感じた。オメガゆえに男性器としての機能が薄く、これまで射精したことのない陰茎が痛いくらいに張り詰めている。布越しの刺激では到底足りず、スウェットと下着をもどかしい思いでずり下ろすと、飛び出してきた先端部分は濡れそぼり、とろとろと雫を溢れさせていた。

「はあ、はぁ……、はあ、ハァ」

　息が上がって、胸が苦しい。充血しきった陰茎を夢中で擦っても、物足りなさが募っていく。後ろでひくついている肛門を触れば、このもどかしさは解消されるのだろうか。

　今まで一度も後ろに触れたことはなく、疼いていること自体が初めてだった。その上自《じ》慰《い》もほとんどしたことがない。発情期を軽く見ていたのも自分のオメガとしての身体の機能が不完全なんじゃないかと思っていたからだ。だけど今、はっきりとそこが疼いてたまらない。熱く収縮を繰り返すオメガの性器は、アルファの子種を欲しがっている。

指先で恐る恐る触れると、後孔はまるで漏らしたかのように濡れていた。指を動かすたびにくちゅくちゅと水音が鳴り、羞恥と一緒に快感も湧き上がる。陰茎を触るのとは違う、じんと奥から痺れるような快感。内側から熱が溢れてくる感覚が恐ろしいのにやめられなくて、動かす指が止まらない。たまらず二本を同時に潜り込ませるとびくんと腰が跳ね、あられもない声が出た。

「んあ……っ、はぁ、あ、あっ！」

柔らかな肉襞《にくひだ》が指にまとわりつき、触れているところがとてつもなく気持ち良い。気が付いたら夢中で中をかきまわしていて、頭が真っ白になった。指を抜き差ししながら大きく足を開いて、もう自分がどんな格好になっているかなんて気にもならない。ひたすらに快感を求める体のいいなりになって、急速に高みに昇っていく。

「アッ、あ、はぁ、あっう、あぁぁ……っ」

後孔から腰全体がきゅうっと切なくなって、中に埋まった指が締め付けられる。背中がしなり、ビクビクと全身が打ち震えて極まった。これまで味わったことのない、突き上げられるような快感。涙と唾液で顔をぐしゃぐしゃにして、恍惚と初めての絶頂に達した。

「はあ、はあ……、う、はぁ」

とろけそうな意識の中、そそり立っている陰茎から白くとろりとした液体が溢れているのを見た。オメガの修司が吐き出した精液。種を残すことの叶わないオメガのそれは、快感を得た証に他ならない。発情期を迎え、修司は本物の快感を知ったのだ。

滴る精液を確認して動揺する間もなく、後ろは次の刺激を求めて疼き出す。一度達してしまった体は歯止めがきかず、本能の赴くままに自慰を続けることしかできなかった。

それからどのくらい時間が経ったのか。何度吐き出して後ろをいじっても苦しさが消えず、ひたすら悶えていた時だ。

「修司……？」

名前を呼ばれ、部屋の外に人の気配があることにようやく気が付いた。澱んだ水の中にいたような意識が戻ってきて、息を呑んだ。

——鷹人が帰ってきた。

扉が開き、中を覗き込んだ制服姿の鷹人と目が合う。その瞬間、もうダメだった。激しい欲望が噴き出して、そんな自分に絶望した。

今の自分の言い逃れできない状態だとか、弟にあられもない姿を見られた羞恥だとか、アルファの鷹人を近付かせてはいけないだとか、様々な感情を押し退けて鷹人に抱かれたいと強く思ってしまった。今すぐこっちへきて触れて欲しい。手を伸ばしかけて、でもぐっと堪えた。

修司を見て困惑している鷹人から目を逸らし、ありったけの理性をかき集めて声を絞り出す。

「逃げろ、鷹人……」

オメガのフェロモンに当てられる前に。

いつの間にか溢れ出した涙が頬を次々と伝い、シーツに落ちていく。激しい情欲は消えず、体の中で燻《くすぶ》り続けている。アルファを求める本能に飲まれそうになるのが怖くてたまらないのに鷹人に犯されたいと思ってしまうのも本当で、心がぐちゃぐちゃになる。下半身を晒した格好のまま、修司は成す術《すべ》もなかった。

「修司……」

逃げろと言ったのに、近付いてきた鷹人は指で修司の涙を拭った。そして、修司に覆い被さり獣のように息を吐いた。

「たか、と……」

間近に感じる鷹人の匂い。アルファに組み敷かれて期待に疼く体は、修司自身と弟である鷹人を裏切っている。だけど、どうしても止められない。獰猛《どうもう》な瞳をした鷹人に見下ろされ、僅かに残っていた理性はその時断たれた。

噛み付かれるように唇を塞がれ、口内を蹂躙《じゅうりん》する舌にうっとりと陶酔《とうすい》する。拙い動きで鷹人に合わせ、突き出した舌を吸われて腰が跳ねた。キスが快感に直結しているなんて、知らなかった。口の中を鷹人の舌と唾液で犯されるだけで後ろが濡れていくのがわかり、恥じ入る間もないまま腰が揺れてしまう。キスだけじゃ足りない、もっと触って欲しい。

鷹人にしがみつきながら、修司は必死だった。

「たか、んっ、んむ……、ふ、はぁ、あ……」

「修司……っ」

「んあっ！」

剥き出しの陰茎に鷹人の手が触れ、大きな声が出た。どろどろに濡れそぼったそこから
ゾクゾクと全身に快感が走り、内腿が震えた。さっきまで散々自分で弄っていたのに、他人に触れられるのは全然違う。ゆるゆると扱きたてられて、先端から半透明の雫がとろとろと溢れ出した。もっと強く擦って欲しくて、手の動きに合わせて勝手に腰が浮いた。

「あ、ッア、たか、と……っ、はぁ、う、あぁ……っ」

陰茎への刺激で快感の波に呑まれ、下半身を突き出すようにして早くも絶頂を迎えてしまう。ぴゅっと噴き上がる薄い精液が鷹人の手を汚し、えも言われない背徳感を覚える。

こんなこと鷹人にさせてはいけないとわかっているのに、今は何もかもがどうでもいい。

絶頂の余韻にひくひくと体を震わせていると、足を大きく開かされ、間に体を入れ込ま

れた。中途半端に足に絡まっていた下着とスウェットは放り投げられ、下半身を纏うものがなくなる。伸し掛かる鷹人の形相《ぎょうそう》に今にも食われてしまいそうな錯覚に陥るが、それにすらゾクゾクとした期待が走った。

開いた足の間、自分でもろくに見たことのない場所を鷹人に暴かれる。羞恥《しゅうち》と快感が一緒に込み上げる中、体液に濡れて火照って仕方のない後ろが鷹人を欲しがってひくついたのがわかった。早くそこに触れて欲しい。猛ったものを突き入れて、奥に精液を注ぎ込んで欲しい。およそ冷静ではない頭で考えるのはそんなことばかりで、焦れるように尻が揺れる。

「修司……、すげえ濡れてる」

ひとり言のように呟いて、ついに鷹人が指を当てる。濡れてぐずぐずになった穴は指を悦《よろこ》んで迎え入れ、奥からさらに甘い蜜を溢れさせた。

「んぁ……っ、あ、ひ……、あぁ……、たかと、んっ」

表面を撫でられただけで背骨までぞわぞわとした感覚が走り、焦れるような声が出る。揉むように穴の周囲を弄られたあと、滑る指先がぬるん、と吸い込まれるように中に侵入してくる。やっと訪れた充足感と待ち侘びた刺激に溜め息が漏れ、唇の端から唾液が零れ落ちた。

「……はぁっ、あ……、あ、たかとぉ……っ」

「……っ、修司、イイのか……？」

びくびくと打ち震えながら指を受け入れた修司に、鷹人が躊躇《ためら》いがちに問いかけてくる。

夢中で何度も頷きながら、もっと、と舌ったらずに答えるだけで精いっぱい。お腹の奥がきゅんきゅんと切なくて、自分の指では味わえなかった快感に身悶《みもだ》えた。

修司の様子を黙って見下ろしていた鷹人が深く息を吐き、指をさらに進めてくる。内壁に擦れていく感覚が気持ち良くて、後頭部をシーツに押し付けて耐えなければいけなかった。指でさえこんなに気持ちが良いのに、鷹人のものを挿入されたらどうなってしまうのだろう。恐怖よりも欲望が強くて、体はどんどん貪欲になっていく。

浅いところを行き来しながら兆し始めていた前を再び握られて、思わず高い声が出た。甘えるような声が自分のものだとは思えなかった。

「はっ、あっあ……っ、や、た、か……っ、アッ」

同時に触れられてしまうと、どちらに意識を集中していいのか訳がわからなくなる。どっちも気持ち良くて、おかしくなりそう。ろくに性感を知らなかった体ではついていけず、だけどやめて欲しくない。

ちゅぷちゅぷと粘着質の音を前後から立てながら、足は限界まで開ききり、鷹人に快楽に翻弄《ほんろう》される姿すべてを晒している。シーツを掴んだ手は震え、体の中をかきまわされる感覚が思考を奪った。ふいに深く潜り込んできた指に顎を反らして悶え、またもや充血しきった陰茎から白濁《はくだく》の液がぴゅっと飛び出す。

「んっ、……ぁ、っあ、はぁ、んあ……っ」

中が広げられ、鷹人の指を食いしめる内襞が柔らかくうねる。自慰を経てすっかりとろけた中は指では足りなくて、もっと熱くて太いものが欲しかった。修司は屹立《きつりつ》を扱く鷹人の手を掴んで懇願《こんがん》した。

「たかと、たのむ……、も、挿れ、て……、くれ」

口に出したら何故だか、目の前の鷹人が滲んで見えなくなった。嗚咽《おえつ》を堪えながら鷹人の手を握り、後ろをはしたなく収縮させて修司はぽろぽろと涙を零した。

「修司……」

指が引き抜かれ、鷹人が忙しない動作でベルトを緩める。そしてスラックスをずり下げ、猛ったものを取り出すと修司の膝裏をぐっと押して、綻んだ穴に熱い切っ先を当てた。鷹人のものが見えたのは一瞬で、けれど勃起していたのがわかっただけで安心した。鷹人も興奮してくれている。フェロモンが作用しているのだから当たり前なのだけれど、それでも鷹人が昂ぶっている事実は修司の胸を満たした。

「んっ、あ、はぅ……っ」

「……っく、しゅうじ……っ」

ぬるぬると後孔の周りを滑ったあと、ぐっと押し付けられて熱い塊が入ってくる。指とは比べものにならない質量に目をちかちかさせながら、中の鷹人を受け入れて甘くくるみ込む。中が激しくうごめいているのがわかって、紛れもなく歓喜する体に翻弄された。

「――んあ、あっ、あぁ……ッ！」

痛みはなく、ひたすらに気持ちが良くてたまらなかった。腰を進められるたびに触れ合った粘膜が疼いて、ひっきりなしに甘い嬌声が上がる。一際強く腰を押し付けられ、腹の奥まで熱い感触で埋め尽くされるのと同時に尻に鷹人の腰骨が当たった。奥まで繋がったことを知り、また涙が頬を伝った。

自分が何故泣いているのかはわからない。だけど勝手に溢れてくる涙はとめどなく、自分ではどうしようもなかった。

「たかと……、たかと」

名前を呼ぶと鷹人が応えるように覆い被さり、修司の涙を指で拭っていく。甘やかな気持ちになるのと同時に繋がったところがじんじんと熱くて、鷹人の屹立を締め付けた。

「……ッ、修司、ごめん……」

鷹人が耳元で囁いた直後、ずるりと熱が引き抜かれ、すぐさま奥まで戻ってきた。息つく間もなくぬちゅぬちゅと抜き差しが始まり、快楽の渦に飲まれて何も考えられなくなる。

「んあっ！　はっ、あ、ふぁ……っ、ぁああ……ッ」

激しく腰を打ち付けられるのに全然足りなくて、欲望のあまりの強さに苦痛すら覚える。無意識にくねらせる腰は鷹人に合わせるように動いて、もっと欲しいと強請っているようだった。

ぎゅっと抱きしめられながら揺さぶられ、暗い部屋の天井がぶれる。もっとも修司はすでに何も見えていないような状態で、鷹人の体温と匂いに酔って、ひたすら快楽を享受するだけだ。奥まで突かれた瞬間と、限界まで抜かれる瞬間、内壁と一緒に全部を持っていかれそうになる感覚に腰が溶けてしまいそう。初めて男の一物を受け入れているというのにずっと待っていた気がして、自分がオメガであることを思い知らされるようだった。

「あっあっ、ふっ、んぁ、ひ……っ」

抱き合った腹の間で、勃起した性器はもうびしょびしょに濡れそぼっていた。服越しの感触に下半身だけを出した状態でセックスしていることをぼんやりと理解する。まるで獣のようだが、きっと、アルファとオメガのセックスとはそんなものなのだろう。

「しゅう、じ……っ、出る……ッ」

一際強く抱きしめられ、首に鷹人の熱い吐息を感じる。鷹人が感じている声を聞いて、修司の後ろがいやらしくうねった。息を詰めたあとにこれまでとは比較にならない速さと激しさで腰を打ち付けられて、鷹人の剛直を咥えこんだ穴がじゅぷじゅぷと音を響かせた。

「あっぁっ、あ！　たか、とぉ……っ！　あっ、ぁん、あうっ」

頭の中が真っ白にスパークして、何も考えられない。勃起しきった鷹人のもので奥の奥を乱され、体の中でいろんなものが弾け飛んだ。鷹人を包んだ襞が精液を欲しがるように痙攣《けいれん》して、大きな絶頂の波に呑まれた。

「あ、……っあ！　ひぁ、ぁああ……っ」

「……っふ、う……っ」

ドクドクと脈打ちながら、奥に熱いものが注がれていく感覚をはっきりと感じ取った。極みに投げ出されながらその感触ですら快感に変わり、粘膜の収縮が止まらない。鷹人の荒い呼吸を聞きながら、恍惚と種付けされた悦びに陶酔した。

自慰では絶対に味わえない、セックスの快感。何も考えられず、鷹人の重みを感じながらベッドに沈むことしかできない。流れた涙が頬とこめかみを濡らし、熱い体の中で唯一ひんやりと感じられた。

「……しゅう、じ」

鷹人が体をゆらりと起こし、修司の顔の両側に手をついたまま見下ろしてくる。まだ動けずにいた修司は、その瞳に燃える炎を見た気がした。

繋がっていたままだった性器を抜かれ、精液の溢れ出す感覚に腰が揺れる。そのまま体をひっくり返され、修司は困惑のままに振り返ろうとしてぎくりと身を硬くした。今しがた使ったばかりの精液まみれの修司の後孔に当てられたのは、熱く滾《たぎ》った鷹人の先端。

「た、かと……っ、待っ、あ、……っあ！」

発情期で興奮が冷めていないとはいえ、まだ絶頂の余韻が抜けていない体に再びの挿入は苦痛が強かった。抵抗もままならず、一気に奥まで挿入されて修司は力なくベッドにくずおれた。まだ敏感な奥で感じる鷹人の屹立は、出したばかりだというのに熱く硬い。

「ひ、あ、あ……、だめ、だ、……ッ、たかと……っ、ひぐ……」

「修司、修司……」

熱に浮かされたような鷹人の声。フェロモンに当てられて、正気を失っている。それがわかっても修司にはもう止める術はなくて、繋がった場所から広がる快感に耐えるだけだ。結合部はまたもや歓喜の蜜を溢れさせ、鷹人を咥えこんだ縁からとろりと精液混じりの雫を垂らす。

「だ、だめだ……っ、鷹人、だめ……」

一度引いて、再びずんと深く突き入れられて、目の前に星が飛んだ。今度はゆっくり、緩く腰を使われて中が鷹人の形に拡げられているのをまざまざと感じた。寝そべった状態での挿入は奥までは届かなくて、浅いところを擦られるばかりで物足りない。もっと激しい快感があることを覚えてしまった体が、浅ましく欲しがってしまう。

「は、……あ、あっ、……っや、たか、あっう……」

好きにされているのに足が勝手に開いていき、鷹人を奥まで受け入れるために腰が悩ましく揺れる。欲しい、気持ち良い、もっと奥まで——苦しいのに欲望に頭が占拠されて、夢中で腰を振りたくりながら、勃起した陰茎をシーツに擦りつけた。

ぶるりと震えるのと同時にまた高みが見えてきて、中の収縮が始まった。その時。

「しゅう、じ」

うなじにかかった熱い吐息。背中に伸し掛かった鷹人が、そこをべろりと舐《ねぶ》り上げた。

「ひあ……ッ」

びくん、と背中が反り、うなじからぞわりとした電流が駆け抜ける。全身の力ががくたくたと抜けて、修司はベッドに突っ伏してしまった。

「あ、あ……っ、だめ、だめだ、たかと……っ」

切ない疼きに動けなくなっても、うなじからの快感は修司の理性を呼び覚ました。そこを噛まれると、番になってしまう。絶対に駄目だ。そこに鷹人が噛みついたら、家族ではなくなってしまう――。

震える腕をなんとか立たせ、修司はうなじを手の平で覆った。また涙が込み上げて、シーツに染みを作っていく。

ダメだ、鷹人、逃げろ。ここだけは噛まないで。

うなじを押さえた手に鷹人の唇の感触を感じた直後、激しいピストンが始まって修司の意識は宙に舞った。揺さぶられながら胸が苦しくて、でも気持ち良くて仕方がなくて、バラバラになってしまいそうだった。それから鷹人が射精するまでの間、修司はずっと手を離さなかった。

絶頂と共に意識を失い、そのあとのことは覚えていない。

翌朝の目覚めは最悪だった。

発情は続いており、喉が渇いてひどく疲れていた。起き上がる気力も体力もないのに下半身の疼きだけは健在で、己の浅ましさに泣きたくなった。

鷹人とセックスしたことは断片的ながらもはっきりと覚えていて、情交の跡が色濃く残る体が夢ではないことを証明していた。腰から下が重くて、関節が痛い。初めての発情期は修司の様々なものを一気に奪い、未だに居座り続けている。

昨夜のように、ずっと理性を飛ばしていられたら良かったのに。正気が戻った今、弟にとんでもないことをさせてしまった罪悪感に、胸が潰れそうだった。

取り返しのつかないことをした。部屋にもう鷹人がいないことが、せめてもの救いだった。もしもまだ目の前にいたら、きっと抱いて欲しいと縋ってしまう。オメガの本能に抗うことなんて不可能だった。

これほどまでに自分がオメガであることを呪った日はなかった。発情期が終わるまでの一週間、修司は何度も届かない謝罪をうわごとのように繰り返したのだった。

発情が収まりじいちゃんに付き添われて病院へ行き、改めて抑制剤を処方してもらったあと、修司はやっと家に鷹人の姿がないことに気が付いた。発情期が終わるまでは近くにいないほうがいいと判断して、じいちゃんが親戚の家に預けたのだ。

青褪めた修司にじいちゃんは頭を下げ、保護者である自分の責任だと謝った。修司は驚き、それは違うと必死に否定した。

悪いのは自分。発情期を甘く見て、結果的に鷹人にもじいちゃんにも迷惑をかけてとんでもないことをした。三人の暮らしが好きで守りたいと思っていたのに、壊すような真似をした自分が情けなく恥ずかしい。謝るのは自分で、じいちゃんも鷹人も悪くない。

　言いながらまた涙が溢れ、消え入りたい気持ちになった。対策を怠ったことも、本能に負けたことも、何もかもをやり直したくてたまらなかった。けれど、時間は二度と戻らない。後悔だけが渦巻いて、発情期の時よりも苦しくて仕方なかった。

　何よりも修司が恥じたのは、鷹人に抱かれて喜んでしまった自分自身だ。鷹人に触れた時に、確かに感じた胸が満ちる感覚。いけないことだとわかっているのに、それだけは消せないことが他の何よりもつらいのだった。

　鷹人が家に戻ってきたのはその三日後だったが、修司と顔を合わせることなく荷物をまとめてまた出て行ってしまった。謝りたいと思っていたけれど、自分の顔も見たくないのだと思うと無理に会いに行くことも憚《はばか》られ、動くことはできなかった。

　そうして数週間が過ぎ、あれから一度も顔を見ないまま、じいちゃんから鷹人がモデル事務所の寮に入ることを聞かされた。まさか本当に出て行ってしまうなんて思わなくて、修司は呆然とするしかなかった。

　鷹人に酷いことをした。それは痛いほどにわかっていたけれど、家を出て行くことだけは止めたかった。だって、せっかく家族になれたのに。じいちゃんと鷹人と三人で、幸せになれると思っていたのに。

それが修司の勝手な思いだということは承知している。それでもどうしても、鷹人には出て行って欲しくなかった。

修司の思いをよそに引っ越しの日は決まり、焦りだけが募った。相変わらず鷹人には会えず、じいちゃんに頼んでも首を横に振られるばかり。鷹人の姿を見たのはあの日から二ヶ月が過ぎた、引っ越し前日の夜だった。

修司が帰ってきた時鷹人はすでに家におり、自室で荷物をまとめていた。バイトが偶然早く終わったから会えたようなもので、きっと鷹人は修司が帰宅する前に出て行くつもりだったのだろう。

じいちゃんには止められたけれど、それでも修司は鷹人と話がしたくて二階に上がった。鷹人の部屋から漏れる明かりをあんなに緊張して見たことはない。扉の前に立ち、震える拳でノックする。

「……鷹人。開けていいか」

返事はなく、物音がぴたりと止む。ゆっくりと扉を開けると、部屋の中には段ボールを広げ、荷造りしている鷹人の後ろ姿があった。発情期以来初めて、鷹人を見た。あの時の激しい欲情が嘘みたいに、今はただ大切な弟としての鷹人がいる。

「――鷹人、ずっと謝りたかった。俺のせいで、あんなことになって、本当に悪かった」

祈るような声は震え、みっともないとわかっていてもどうしようもなかった。鷹人は動かず、黙ったままだ。

「もう二度と、鷹人を誘うようなことはしない。ちゃんと抑制剤も貰ってきた。だから、家を出るのは考え直して欲しい」

部屋はしんと静まり返り、修司は言葉に詰まる。鷹人から感じる拒絶の空気がいたたまれなくて、でも引くこともできない。だって、ここにいて欲しい。このまま離れ離れになるなんて、嫌だ。

「……ごめん、鷹人。俺は、お前のこと本当に大事な弟だって、思ってるから……」

呟いた声は掠れ、今にも消えてしまいそうだった。ぴくりと鷹人の肩が揺れ、掴んでいた段ボールの端がぐしゃりと歪んだ。

「……謝るんじゃねえよ」

聞こえたのは、聞き逃してしまいそうに小さな低い声。振り返った鷹人は怒っているような苦しいような、複雑で苛烈な表情を滲ませていた。傷付けてしまったことをまざまざと感じて、罪悪感に胸が苛まれる。

「鷹人が怒るのも、当然だと思う。だけど俺は、家族として、お前を……」

「――くるな！」

一歩踏み出そうとした瞬間、鷹人が叫び、びくりと全身が硬直する。聞いたこともない声色に冷たい瞳。全身で修司を拒むその姿に、強いショックが修司を襲う。

自分の犯した罪は覆らない。そう突き付けられたかのようで何も言えなくなった。

近付いてきた鷹人は修司の目を見ないままに、一瞬だけ唇を噛みしめた。

「俺が、修司にしたこと、本当にわかってんのか」

「……、それは、俺のせいで……」

「わかってんなら、俺に近付くんじゃねえ。家族とか兄弟とか、うるせえんだよ……！」

「鷹、人……」

「これ以上、口開くな！　顔も見たくねえって、わかれよ！」

そう言われ、目の前で扉が閉ざされる。大きな音と一緒に崩れたのは、今まで積み上げてきた兄弟関係。いや、きっとそうじゃない。修司がオメガのフェロモンで鷹人を誘ってしまった時から、兄弟ではいられなくなってしまったのだろう。全部、自分が壊した。

その日のうちに鷹人は家を出て行った。別れの言葉も言えないまま、その後、五年間連絡を取ることさえできなかった。

再会を待ち侘びて、けれど顔を見るのは怖かった。許されないことをした。だから、自分にできることは何もないのだと言い聞かせて時は過ぎた。

修司にできる唯一は、鷹人と距離を置くことだけだったのだ。

＊＊＊

「顔色めちゃくちゃ悪いけど、大丈夫？」

鷹人の手の平が額に触れ、修司はびくりと肩を震わせた。少し冷たい鷹人の手の感触。不自然にならないように身を引き、その手から逃れる。

「大丈夫だ。ちょっと寝不足なだけで、なんともない」

「だったらいいけど」

深く突っ込まれなかったことにほっと胸を撫で下ろし、ぼんやりしていたことを反省する。今日は昔の夢を見て、少し感傷的になっている。あんな別れ方をしたのに、昔のように無遠慮に触れてくるのが嬉しい反面困ることでもあって、こんな時に修司はどう反応していいのかわからない。平静を装っているけれど、鷹人が本当に自分を許してくれたのか、何を考えているのかがわからないことは修司にとってストレスになりつつあった。オメガとして鷹人を意識してしまうのも相変わらずで、そんな自分に嫌気がさす。

「修司、こっち」

「ああ、お邪魔します」

今日、弁当を届けにきたのは郊外の住宅地にあるロケ現場。奥村に弁当を預けた時にちょうど出番を終えた鷹人が顔を出し、最近お見舞いに行けていないからじいちゃんの様子を聞かせて欲しいと、ロケバスの中に案内された。撮影現場から少し離れた場所に停まっているバス内は静かで、日当たりも良く意外と居心地が良い。

「狭いけど、あんまり人こないから」

「鷹人は昔から、猫みたいに良い場所探すの得意だよな」

「まあね」

機材や小道具等、雑然と荷物の置いてあるバスの奥、並んで腰を下ろした時に、鷹人の言う通りに本当に狭いことを実感した。鷹人との距離が近くて、膝が当たる。よりによって窓際に座ってしまったため、これ以上離れることもできない。もっと離れて座って欲しいけれど、鷹人は気にならないのだろうか。最近の鷹人は昔よりもスキンシップが多い気がして、修司を更に悩ませている。

「何、どうかした」

「い、いや、なんでもない。今日はいなり寿司作ってきたぞ」

「やった。久しぶり」

気を取り直し、弁当を食べている鷹人に最近のじいちゃんの様子をできるだけ詳細に伝えた。今は術後の胸痛《きょうつう》が引かないことと、それから免疫機能の低下で熱が出たり下がったりを繰り返していること。けれど、じいちゃん自体は相変わらず元気だということ。口癖のように毎日こなくてもいいと言っているが、強がりだということはわかっているので鷹人も時間ができたら会いに行って欲しいということも。鷹人は頷き、絶対に行くと呟いた。それを伝えるだけでも、きっとじいちゃんは喜ぶだろう。

「鷹人のほうはどうだ。映画、順調か」

「俺？　俺は、うん。なんとかやってる」

昔から自分のことは積極的に話したがらなかったけれど、最近の顔を見れば上手くやっていることは知れた。最初の頃は毎日大変そうだったのが、今はなんだか余裕も出てきたように見える。

「実はこないだ、監督が俺の演技がもっと見たいって、出番少し増えたんだ」

「え、すごいな」

「期待に添えたのかはわかんないけど、嬉しかった。少しは認められてんのかなって」

鷹人が映画の仕事に真摯《しんし》に向き合っていることを感じるのは、誇らしくて少し寂しくもあった。修司のあとをついてまわっていた鷹人が、今は一人で歩いている。修司なんかよりもよっぽど立派に、前を向いて。もう鷹人が小さな弟でないことは理解しているのだけれど、置いていかれるような気がしてしまう。

鷹人の話を聞いていたら、意識がぼんやり霞《かす》んできて、体の内側に火が灯るような感覚を覚えた。密室で隣にいることでまた勝手に体が騒ぎ出しているのかもしれない。抑制剤は飲んでいるのでフェロモンが出ることはないだろうけれど、今日はどうしてか熱くなるのと同時に胃の辺りがもやもやとした違和感に襲われた。それはだんだん大きくなってていき、軽い吐き気が襲ってくる。

さっき鷹人に言った寝不足というのは本当で、たぶんそのせいで体調が良くないのだ。昨日はバイト先のスーパーで商品棚が崩れるトラブルが起きて、片付けと後処理を手伝って明け方近くまで帰宅できなかった。一応仮眠をとったけれどそれも二時間ほどで、連日の疲れが溜まっているところへの寝不足が響いているのだろう。鷹人の弁当を作っている最中も砂糖と塩を間違えるというベタな失敗をして、作り直す手間がかかってしまったし、自分で思っている以上に疲れているのだ。

「――修司？」

名前を呼ばれて意識が戻ってきたのと同時に、バスの扉がノックされた。開いた扉から奥村が顔を覗かせ、二人の姿を見て意味深な笑みを浮かべる。

「お邪魔しちゃってごめんなさいね。でも、休憩終わりだから」

「え、あ、はい。俺すぐ帰ります。お邪魔しました」

「いいのよ。今日も美味しいコーヒーありがとうね。鷹人、集合よ。監督が呼んでる」

「……わかった」

慌てて空の弁当箱を包み直していると、鷹人が動き出さずにじっとこちらを窺っていることに気が付く。至近距離で目が合い、心臓が小さく揺れる。

「本当に大丈夫か。体調悪い？」

「い、や……、ほんとになんでもない。心配すんな」

「弁当も無理するくらいならいいからな。俺は助かってるけど、修司の負担になるならいらない」

「そんなこと……」

「俺にできることがあればなんでもするから、言って」

「……うん。大丈夫だ、無理はしてない。ありがとう鷹人」

負担なんて思ったことはない。鷹人の応援ができているようで、むしろ嬉しいのだ。もしも鷹人が帰ってこないまま一人で喫茶店を営業し、じいちゃんの看病を続けていたらこんなに頑張れていなかった。そのことに今気が付いて、鷹人の存在の大きさを改めて思い知らされる。

頬に鷹人の手が滑り、合わせた視線が外せなくなる。甘い香りが鼻を掠め、今度ははっきりとした熱を体の内側に感じた。このままではまずいのに、鷹人の視線から逃れることができない。

「た、鷹人……」

「えー、良い雰囲気のところ申し訳ないんだけど、お二人さん。急いでね」

「うあっ、はい！　すみません！」

奥村のわざとらしい咳払いに我に返り、つい大きな声が出た。奥村が良い雰囲気なんて変な言葉を使うから、必要以上に動揺してしまった。奥村にじとりとした視線を送っている鷹人を急かし、バスから降りる。

「鷹人、今日はお兄さんとゆっくりできて良かったわね。芹沢さんもきてなかったしねえ」

「は？　なんでそこで芹沢さんが出てくんだよ」

突然の芹沢の名前に、修司は密かに身を硬くした。あの雨の日以来、撮影現場でも姿を見ていなかったがやはり出入りはしているらしい。

できればもう会いたくないし、あの日のことは忘れてしまいたい。何もなかったとは言え、オメガがアルファには逆らえない弱者であることを思い知らされたようで、苦い気持ちになる。

初めて会った時に鷹人がついた嘘で、修司は助かったようなものだった。だけど、今になって思い返すと芹沢は嫌がる修司を無理やりどうにかするつもりはなかったような気がする。どのみちもう関わる気はないので、どうでもいいことなのだけれど。

「修司、やっぱり今日なんか変だぞ」

いつの間にか正面にまわっていた鷹人に顔を覗き込まれて、何故か後ろめたい気持ちが湧き上がった。鷹人以外のアルファとまともに会話したのは芹沢が初めてで、鷹人には雨の日のことを絶対に知られたくない。

「……悪い。疲れてんだ。今日は帰ったら観念して寝るよ」

「そうしてくれ」

「ほら、鷹人。もう行けよ。監督が待ってるんだろ。撮影頑張れよ」

無理に笑った修司に鷹人は難しい顔をして、それから数秒のあと修司の手を取った。そのひどく優しい触れ方に、一瞬だけ息が詰まる。

「鷹人……？」

「——あのな、この映画の撮影が終わったら、聞いて欲しいことがある」

鷹人の瞳は痛いくらいに真剣で、切実だった。修司は頷き、わかったとだけ返す。それを確認すると鷹人は小さく笑い、同じように頷いた。

「運転、気を付けて帰って」

監督や撮影スタッフ達のもとに向かう鷹人の背中を見送りながら、体の奥の消えない埋火を自覚する。収まらない心臓の音と発情期とは違う熱さの類。こんなのは、兄が弟に示す反応じゃない。わかっているのに止められなくて、それが何よりも苦しい。

そんな大切そうな触れ方をしないで欲しい。家族としてではなく、オメガとしての本能が勝手にあの夜のことを思い出してしまうから。

ふと、スタッフの輪に合流した鷹人にヒロイン役の女優が駆け寄り、台本を見せながら何か話しかけているのが目に入った。遠目からでも目を引く大きな瞳に白く透きとおった肌。華奢なのにやわらかな曲線を描く体は鷹人の隣にあることが至極自然に思えた。きっとそんなに遠くない未来に鷹人が選ぶ誰かは、ああいう可愛らしい女の子に違いない。オメガであってもそうでなくても、それが普通で自然なことだ。

また胃の辺りが気持ち悪くなって、早く帰ろうと踵を返す。駐車場に向かいながら急速に体が重たくなっていくのを感じ、ぶり返してきた吐き気と闘う。もう少しで車だというのにどうしても我慢できず、修司は道の端に寄ってしゃがみ込んだ。

胃から胸のあたりが気持ち悪くて目眩《めまい》がする。冷や汗が滲んで呼吸も苦しい。具合の良くないところに貧血も併発してしまったようだ。どうすることもできなくて、一旦落ち着くまでひたすらに耐えることしかできない。

「――大丈夫？　具合悪いの？」

不意に後方から声がかかり、修司は顔も上げられないまま消え入りそうな声で「大丈夫です」とだけ答えた。明らかに大丈夫ではないのにそう言った修司に、声の主は一瞬躊躇ったあと隣に膝をついた。

「吐きそうなら、我慢しないほうがいい」

優しい声に目線を上げ、その人物を確かめた瞬間に修司は息を呑んだ。そこにはもう会いたくないと思っていた相手、芹沢がいたのだ。びくりと肩が震え、怯えた修司に芹沢は困った顔を見せた。

「何もしない、大丈夫。今はそれどころじゃないって、俺にもわかるよ」

そう言って、芹沢はポケットからスマートフォンを取り出した。今、救急車を呼ばれたら、きっと鷹人に迷惑がかかる。ここは撮影場所が近過ぎて、修司が運ばれたこともすぐにバレてしまうだろう。

「だめです、救急車はいらない。……ただの、寝不足からの体調不良だから、平気です」

「でも、顔が真っ青だよ。動けないんでしょ」

「大丈夫です、少し休んだら収まりますから。近くの駐車場に車が停めてあるんで、それで一人で帰れます」

依然として具合の悪さは変わらず、声を発することさえも億劫だったけれど芹沢を止めない訳にはいかなかった。えずきそうになるのを必死に堪えて頭が下がっても、芹沢のスマホを押さえる手は離さなかった。

「車って、そんな状態の人に運転なんてさせられないよ。事故でも起こしたら修司くんの問題だけじゃ済まされないんだよ」

芹沢の言うことはもっともで、修司は押し黙った。だけど、救急車だけはどうしても呼んで欲しくない。

「わかった。じゃあ、ちょっとだけ我慢して」

言葉を認識するよりも先に、腕を引っ張り上げられるようにして立たされた。そして次の瞬間には膝裏に手をまわされ、足が宙に浮く。突然の浮遊感に混乱して、横抱きにされているのだと気付いた時には芹沢はすでに歩き出していた。

「な……、芹沢さん、お、下ろしてください……っ」

「うーん、さすがにちょっと重いかも。でもすぐだから」

どこへ連れて行かれるのかわからないのと芹沢に何かされるのではという恐怖で身が竦み、呼吸がさらに浅くなる。逃げたいのは本当なのに、具合が最高潮に悪くて暴れる元気さえない。しばらく歩いた後にようやくどこかに下ろされた。

「ちょっと待ってて」

思いのほか優しく座らされたのは、公園のベンチだった。ぽかんと芹沢を見上げると、額の汗を拭いながら離れていってしまう。呆気に取られているうちに芹沢は近くの自動販売機で何かを買い、まっすぐに修司のところへ戻ってきた。

「これ飲んで、少し休んで」

差し出されたのは水のペットボトル。どうしていいかわからずにいると、膝の上に載せられてしまう。芹沢は修司からたっぷりと距離をとってベンチの端に腰を下ろし、炭酸飲料のペットボトルを開けて飲み始めた。

「……あの、芹沢さん」

「具合悪いんでしょ。救急車が嫌なら落ち着くまで休んだらいい。ここなら人目があるし、修司くんもいくらか安心できると思ったんだけど」

困ったように笑う芹沢に、善意でここに連れてこられたのだと修司も理解する。よくわからない人で警戒心は解けないけれど、正直ここで休めるのはありがたかった。芹沢の言う通りに公園内には人が出入りしているし、木陰のベンチも涼しくて気持ちが良い。ろくに返事もできないまま修司はベンチに背を預け、目を閉じて吐き気が収まるのを待った。

どれくらい時間が経ったのか、いつの間にか修司は眠ってしまっていた。目が覚めると体が少し楽になっており、ほっと胸を撫で下ろす。横を見ると芹沢はまだそこにいて、空のペットボトルを手の中で転がしながら公園内を見つめていた。放って帰ってしまっても一向に構わなかったのに、律儀に待っていてくれていることが意外だった。

改めて周囲を見渡し、ここが住宅街の中にある児童公園だと認識する。広い上に緑が多く、遊具も充実しているので子供の姿が多く見える。天気の良い昼下がりに風も心地良く、久しぶりにゆっくりとした時間の中にいる気がした。

「あ、起きた。体調どう？」

「もう大丈夫です。俺、どれくらい寝てましたか」

「三十分くらいかな。寝不足って本当だったんだね。顔色ちょっとよくなった」

「すみません……、ご迷惑おかけしました」

「いいんだよ。それよりもう少し休んだほうがいい。帰り運転するんでしょ」

また人懐っこい笑顔を見せられて、修司は複雑な心境になる。前はこの笑顔に油断して、芹沢と二人きりになってしまったのだ。だけど、助けてくれたのは事実で、芹沢が良い人なのかそうでないのか、修司には判別ができない。

「あのさ、修司くん。この前はごめんね」

「え……っ？」

警戒心が顔に出ていただろうかと焦ったが、芹沢は手元のペットボトルに視線を落としていた。謝られるとは思いも寄らず、咄嗟に言葉が出てこなかった。

「俺、オメガの人に嫌がられたことってなかったから、修司くんのこと怖がらせちゃったのびっくりしたんだよね」

「え……？」

「今まで会ったオメガの人達はむしろ積極的だったから、そういうものなんだと思ってた。だから、なんていうかあんなに拒絶されるとは思わなくて」

さっきも実は、怯えられてちょっとショックだった。

そう言って苦笑いを浮かべた芹沢の言葉が嘘だとは思えず、むしろストレートな物言いに納得さえしてしまった。芹沢が今までオメガに迫られていたのなら、きっとそれは芹沢がアルファの中でも上等な部類だからだ。アルファに会ったことはあまりないけれど、なんとなくわかる。自分がオメガだからなのか、あの日のアルファ然とした空気を纏った芹沢を見たからなのかは、わからないけれど。

「小説褒めてくれたでしょ。なんだか無性に嬉しくなって、修司くんのこと抱きしめたくなっちゃったんだよねえ」

「そ、そうなんですか……」

それにしても、そんなことを恥ずかしげもなく吐露《とろ》してくるあたり、芹沢はやはり修司が最初に受けた印象通り良くも悪くも素直なのだろう。要はこれまでオメガにモテていたから、修司にも当然受け入れられると思っていたということだ。アルファゆえの悪気のない傲慢さを持つのと同時に、どこまでも自然体なのだ。

「あの……特に何もなかったし、気にしてないですから」

本当は気にしていないわけではなかったけれど、しょんぼりしている芹沢を見ていたらそう言ってしまった。それに、やはり芹沢は修司にその気がないのなら無理に何かするつもりは全くないことがわかって、少しガードが緩んだのだ。

「そっか。良かった」

芹沢は笑って、修司も少し笑う。なんだか今日までこの人に恐怖を感じていたことが馬鹿らしく思えて、雨の日の記憶も重荷ではなくなった気がした。

「修司くんは、鷹人くんと番になるんだよね」

「――え……」

何を言い出すのかとぎょっとしたけれど、そういえば芹沢には鷹人が誤解させるようなことを言ったのだ。どう訂正していいものやら、修司は困り果てる。正直にそれは間違いだと言っても良かったけれど、鷹人が自分を庇ってついた嘘だと思うと、勝手に明かすのは気が引けた。

「そ、それは……、でも兄弟で番なんて、おかしいですよ、ね……」

元より嘘をつくのが苦手な修司は、しどろもどろに言い訳じみたことを言ってしまう。本当に番になるわけではないけれど、そう思われること自体がいけないことのように感じてしまって。

「え、どうして？　兄弟だと何か問題あるの？」

きょとんと曇りのない目で言われて、修司は驚く。兄弟だから番にはなれないなんて、当然のことだと思っていた。だけど、こんなにも真っ直ぐに疑問をぶつけられると答えに詰まる。

「修司くんと鷹人くんが好き同士なら、何も問題ないよね。それに、二人はホントの兄弟じゃないから、なおさら問題ないんじゃないの」

「えっ？　なんで知って……」

「だって、匂いが違うから。わかるよ」

驚いたことに、芹沢は修司がオメガであることだけでなく、鷹人の実の兄でないことも見破っていたらしい。匂いが違うと言われても修司にはよくわからないけれど、芹沢は鼻が相当利くようだ。修司がわかるのは、鷹人の匂いだけなのだ。

「いいなあ。俺も番欲しいなあ」

修司の困惑をよそに、芹沢は相変わらずマイペースだった。兄弟で番になることを本気でなんとも思っていないのがわかるからこそ、修司はいたたまれない気持ちになる。嘘をついていることはもちろん、弟にあらぬ感情を持っていることも見透かされているような気がしてしまう。だけどここで必死に否定したとしても、芹沢にとっては何の意味もないのだろう。

「……芹沢さんなら、番になりたいオメガは星の数ほどいるんじゃないですか」

苦し紛れに発した言葉に、芹沢は一瞬だけ動きを止めた。そして前方を向いたまま少し考えたあと、寂しげな笑みを口元に浮かべた。

「あのさ、鷹人くんは、俺なんだよね」

「え……？」

意味がわからず思い切り不審そうな声が出て、修司は戸惑った。鷹人が芹沢さんとは、どういう意味だろう。言葉通りではないだろうが、何かの暗喩だろうか。数秒の間にいろんな思考が巡り、ふと気が付く。

「あ、『慎二』……？」

慎一は鷹人が映画で演じている役柄だ。小説を読んで修司が一番心に残った人物。主人公とヒロインの幼なじみで、ヒロインを一途に想いながらも最後は身を引いてどこかへ消えてしまう。

「うん、そうとも言う」

主人公ではない、邪魔者的な存在である慎一に原作者の芹沢が自己投影をしていたなんて、誰が想像できただろう。どちらかといえば芹沢は主人公のような、自由で強い人間に見える。報われずに終わる慎一が芹沢だというのなら、それが意味していることは、きっと。

「……好きな人が、いるんですね」

「そうだね。番になれたら嬉しいけど、無理だからさあ」

笑っているけれど悲しい横顔。まさか芹沢のような人が叶わない恋をしているなんて夢にも思わず、かける言葉が見つからない。

アルファは一般的に世間から優遇されているし、芹沢自身も才能があり外見も整っているので、不自由なんて感じることなく生きているのだと思っていた。だけど、アルファもオメガやベータと同じように恋をして、人を愛することに変わりはない。胸を痛めて人を想う気持ちは一緒なのだ。それはごく当たり前のことだった。

修司は何も言わず、芹沢もそれ以上何も話さなかった。昼下がりの公園のベンチで、修司は様々な思いを噛みしめたのだった。

体調が落ち着き、日が傾き始めた頃。お礼と帰宅することを伝え、公園で別れることになった。思い返せばずいぶんと親切にしてもらい、修司が回復するまで側についていてくれた芹沢には感謝しかない。顔見知り程度の人間にここまでしてくれるなんて、芹沢は思ったよりも人が好いのかもしれない。

「今日はありがとうございました。おかげで安全運転で帰れそうです」

「それは良かった。でも顔色まだ良いわけじゃないから、帰ったらゆっくり休んで」

「そうします」

それじゃあ、と別れて一歩進んだところで、芹沢が「あ」と声を上げたので振り返った。

すると芹沢はまた、人懐こい笑みを浮かべてこちらを見ていた。

「修司くんのコーヒー本当に美味しかったから、またお店に行ってもいい？」

たぶん、本心で言ってくれている。そして修司に遠慮して、ちゃんと訊いてくれているのだ。それがわかってしまっては、修司に断る理由はなかった。コーヒーを飲みにきてくれるお客様なら、いつでも大歓迎だ。

「なら、今日のお礼に奢《おご》ります。いつでもお待ちしてますね」

芹沢は花が咲くように笑い、修司に手を振ってから歩いていった。その背中を見送って考えたのは、鷹人のことだ。

胸に残る、芹沢の言葉。兄弟でも番になるのはおかしいことじゃない。でもそれは、お互いに望んでいなければやはり何の意味もないことだ。深く考えることをやめ、思考を振り払うようにして修司も歩き出す。

繰り返し思うのは、番は生涯作りたくないということ。フェロモンが相手にしか作用しなくなることで生きやすくなるのは確かだけれど、オメガとして誰かと繋がることは、修司にはどうしても考えられないのだった。

6

また、三人で暮らせる日が現実となって見えてきた。

じいちゃんの術後の後遺症が収まり、やっと退院できる目処が立った。これからは通院しながら経過観察を続けていくことになる。他にも医師は様々なことを言っていたけれど、嬉しくてあまり耳に入ってこなかった。

「これでようやく帰れるな。やっぱり毎日コーヒーの匂いを嗅いでないと落ち着かん」

「退院するからって完全復帰まではいってないんだから、無理は禁物だよ、じいちゃん」

「わかってるわかってる」

病室で早速荷物の整理を始めながら、二人して笑ってしまう。退院は三日後。じいちゃんの調子も顔色も良さそうで、この日を迎えられることを修司は心から感謝した。これからはじいちゃんの健康にはいっそう気を付けて、長生きしてもらいたい。

「鷹人にも連絡しないとな」

「ああ、それなら、これから鷹人に弁当届けに行くから直接伝えるよ」

「そうか。それがいいな。じゃあ頼んだぞ」

「うん。疲れてるだろうけど、じいちゃんの退院を知ったら元気になると思う」

鷹人の映画の撮影は大詰めを迎え、ここ数日は全く帰ってきていない状況だった。クランクアップは一週間後の予定で、そうしたら晴れて三人での生活を再スタートすることができる。待ち望んでいた日を目の前に、浮かれるなと言うほうが無理だ。弁当と一緒に吉報を届けて、鷹人が喜ぶ顔が早く見たい。

「なあ、修司」

「ん？」

じいちゃんはベッドに座ったまま、穏やかな瞳で修司を見つめる。

「鷹人との生活は、どうだった」

「どうって……、うん。最初は不安だらけだったけど、今は楽しい。また一緒に暮らせて本当に良かったと思ってる」

「そうか。それなら俺も病気になった甲斐があるってもんだ」

「いや、それはそうかもしれないけど、もう二度とやめて欲しい……」

「そうだな。そりゃそうだ」

じいちゃんが快活に笑って、修司の頭をぐりぐりと撫でる。髪をくしゃくしゃにされながら、修司も笑った。

確かに鷹人とまたこうして一緒にいられるのはじいちゃんの病気がきっかけで、仲違いを解消できたのもじいちゃんのおかげだ。修司一人では何もできなかった五年間。見守ってくれていたじいちゃんもきっと、苦しかったはずだ。

「……ありがとう、じいちゃん。俺、これからはちゃんと上手くやる」

「修司……」

じいちゃんは修司の両手をぎゅっと握り、少し困った顔をした。どうしてそんな顔をするのか修司にはわからなくて、握り返した手に力が入ってしまう。

「じいちゃん？」

「修司、無理して頑張らなくてもいいんだ。家族って、そういうものじゃないだろう」

「え……？」

「俺はお前らが笑ってるなら、家族の形はなんだっていいと思ってる」

言葉の意味がわからなくて、じいちゃんの優しい瞳を見つめることしかできなかった。だけど、少しずつ体に沁み渡っていくように、じいちゃんの思いを理解する。

じいちゃんはきっと、修司の自分でも気付かないふりをしていた気持ちを理解しているのだ。兄が弟に対して持つには、ふさわしくない感情を。そう思い至ったらいたたまれなくなって、修司は困惑した。

「……じいちゃん、俺は」

「まあ、これから時間はたっぷりある。ゆっくりでいいから、自分と向き合うといい」

握った手が温かく、じいちゃんの声が優しくて胸が詰まった。修司の想いも、五年前の出来事も知っていてなお、受け入れてくれている。

だけど、自分の気持ちと向き合ってすべてを認めてしまったら、どうなってしまうのかを修司は考えたくなかった。時折胸を刺す痛みが消えてなくなるのか、今よりもっと苦しくなってしまうのか、それとも何も変わらないのか、見当もつかない。何よりも恐ろしいのは、鷹人やじいちゃんと家族でなくなってしまうことだった。それを守るためならなんだってすると、ずっと思ってきた。

それに、家族の形が変わっても、というじいちゃんの思いには応えられそうもない。だって、それは修司だけの問題じゃない。鷹人が今家にいてくれるのは、あの日のことをなかったことにしているからだ。修司にできるのは、同じように忘れたふりをすることだけ。

「鷹人のところに行くんだろう。俺の退院を早く知らせてやってくれ」

「……うん。わかった」

じいちゃんには何も言えなかった。きっと悲しい顔をさせてしまう。鷹人だってそうだ。

元の家族に戻れるのなら、きっとそれが一番良い。

病院を出て撮影場所であるスタジオを目指しながら、修司は余計なことを考えないようにするのに必死だった。今はそれよりも、良い知らせを届けて新しい生活がスタートすることを喜びたい。自分の想いなんて、後回しでいい。

到着してすぐに奥村に連絡を入れ、今日は鷹人に会いたいことを伝えると控室で待っているよう言われた。ちょうど今鷹人は撮影中で、もうすぐ終わるところらしい。スタジオ内に入るのは、初めて芹沢に会った時以来だ。

記憶を頼りに控室の棟まで行き、ほどなく鷹人の名前の控室を見つけることができた。中に勝手に入るのはなんとなく悪いような気がして、部屋の前で鷹人と奥村を待つことにする。鷹人に早くじいちゃんのことを教えてやりたくて、そわそわと落ち着かなかった。

「あれ、修司くんだ」

廊下の先から名前を呼ばれ、振り返るとそこには芹沢がいた。修司に手を振り、にこにこと近付いてくる。

「今日は鷹人くんのお弁当配達？　定休日だっけ、お店行くとこだった」

「芹沢さんも、また撮影見学ですか」

「うん、いよいよクライマックスだからね」

具合が悪いところを助けられて以降、芹沢は何度か店を訪れコーヒーを飲んでいくようになった。本当にコーヒーが好きらしく、毎回違うブレンドを出しても豆の種類をぴたりと当ててしまうのには驚いた。芹沢の人懐こい人柄も相俟って、店で話すうちに少し気安い仲になってきたのだった。

「鷹人くん、さっき監督に褒められてたよ。カメラ止まると表情変わんなくなるから、喜んでるのかイマイチわかんなかったけど」

「たぶん、めちゃくちゃ喜んでます」

芹沢は頻繁に撮影を見学しに訪れており、それが鷹人を見るためなのだと修司に打ち明けてきたのはつい先日のこと。鷹人の役柄の慎一に思いを重ねている芹沢は、何気なく見学にきた時に鷹人の演技から目が離せなくなったのだという。

慎一は芹沢の叶わない恋を背負った人物で、影の部分でもあった。だけど鷹人を通して見た慎一は、きちんと一人の人間としてそこにいると感じたらしい。それからは原作者であるにも拘らず慎一がどうなっていくのかを見届けたくて、足繁く撮影現場に通っているのだった。

結末はわかっているんだけどね、と笑う芹沢が未だ苦しい恋の真っ只中にいることを感じ、修司は密かに芹沢の秘密を胸に仕舞っている。

当の鷹人はそんなことはつゆ知らず、芹沢とはあまり接触したがらないらしい。修司が初めてスタジオを訪れた時に、庇ってくれたことを引きずっている気がして、芹沢には申し訳ない気持ちになる。

「あ、噂をすれば」

芹沢の言葉の直後、腕を後ろに強く引かれて修司は弁当を落としそうになった。すんでのところで弁当を死守し、後ろを振り返るとそこにはやはり鷹人の姿があった。機嫌が悪い時のオーラを纏って、鷹人は修司をさらに引き寄せた。芹沢を睨む碧色の瞳が、鋭く苛烈に燃えている。

「何してんですか。芹沢さん」

「ここで会って、ちょっと話してただけだよ」

「た、鷹人、いきなり失礼だぞ。すみません、芹沢さん」

「大丈夫大丈夫。じゃあ、またね。修司くん鷹人くん」

鷹人の敵意を意にも介さず、芹沢はにこやかにその場を離れていった。奔放なようでいて、芹沢は空気を読むことに長けている。気を遣わせてしまって少し心苦しい。

「……何話してたんだよ、芹沢さんと」

「いや、普通に挨拶して、世間話を……」

「世間話であんな笑うことあんのかよ」

「そ、それは、あるだろ。いろいろ」

鷹人には芹沢が店に出入りしていることは言っていない。こんな風に不機嫌になるのが目に見えているからだ。それから修司自身もアルファと親交を深めていることに、後ろめたい気持ちがないわけではないのだ。

そのうち自然にバレるだろうとは思っているけれど、今の芹沢は修司のコーヒーを本当に気に入ってくれている店の大事なお客さんなので、映画の撮影が終わってから話そうと思っている。

それにしても今日は一段と殺気立っていて、修司ですら怖いくらいだ。鷹人はたまに、こんな凶暴な顔を覗かせることがある。

「それより鷹人、今日は良い知らせがあるぞ」

「……なんだよ」

「じいちゃんの退院が決まった。三日後から、家に帰ってくる」

「――え、マジで？　三日後？　本当に？」

鷹人の雰囲気が一気に和らぎ、明るいものになる。やっぱり、直接伝えられて良かった。喜びを分かち合えることが、こんなにも嬉しい。

「通院はこれからも続くしあんまり無理もさせられないけど、とりあえずな」

「そうか、そうだな。あ、今日それできたのか」

「ああ。鷹人の映画ももうすぐだろ。終わったら一緒にお祝いしような」

じいちゃんと鷹人の好物をたくさん作って、みんなで食卓を囲みたい。五年間願い続けていたことがきっともうすぐ叶う。

「良かった、本当に……」

不意に鷹人に抱きしめられて、体が強張った。兄弟としての抱擁《ほうよう》だとわかっているのに、体は見当違いな反応を見せる。大丈夫、落ち着け、と頭の中で繰り返しながら平静を装い、それでも心臓が忙しなく動き、頬が熱くなるのは止められなかった。

「た、鷹人……」

「あのねえ、お二人さん。そういうのは中でやってもらえます？」

いつの間にか真横にいた奥村の声に、修司は情けないほどに肩をびくりと跳ねさせた。だけど同時に助かった、と鷹人の腕からそそくさと逃れてほっと息をつく。そういえばここはスタジオの廊下だったのだ。今更ながら周りにいたスタッフの視線を感じて穴があったら入りたい気持ちになる。

「す、すみません、じゃあ俺はこれで失礼します」

「あら、もう用事は終わったの？　せっかくきたんだし、ちょっと見学していったら？　今日も絶好調なのよ。ねえ、鷹人」

奥村の勢いに流されるように一緒に控室へ入り、鷹人が監督やスタッフからの評判が上々であることを怒涛《どとう》のように聞かされた。撮影の間にも成長していると監督は絶賛しており、奥村曰く監督の次回作への出演は決まったようなものらしい。演技のことはよくわからないけれど、鷹人が評価されるのは修司にとっても誇らしいことだ。撮影が始まってから鷹人がずっと台本を肌身離さずに持ち、暇さえあれば読み込んでいたことを知っているから尚更。

「すごいな、鷹人。頑張ってたもんな」

「……修司のおかげだから」

「え？」

「いや。それより今日の弁当何？」

当の鷹人は平然としており、だけどやはりどこか照れくさそうだった。もしかしたら鷹人はこのまま有名俳優になってしまうのかもしれない。そうなったら店の手伝いはさせられないな、なんて場違いなことを考えながらも、純粋に鷹人の仕事の風向きが良いことは嬉しかった。

弁当を食べて一息つく間もなく、鷹人は次の撮影に向かった。奥村と一緒に修司も同行させてもらい、機材の並ぶ撮影現場に入る。相変わらずの緊張感と、独特の空気。その中心へ堂々と歩いていく鷹人の背中を見て覚えたのは、漠然とした不安。前も少しだけ感じたけれど、鷹人のいる世界がますます遠くに見えた。

「次のシーン、結構大事なのよ。でも、お兄さんに見守られてるから大丈夫かしらね」

「え、俺はあんまり関係ないと思いますけど……。でも鷹人の演技見るのは久しぶりなんで、楽しみです」

「あらあ、自覚ないのね」

奥村が呆れたように修司を見上げ、何の自覚がないのかわからない修司は首を傾げた。奥村は時々、こうして意味深なことを言う。

まもなく撮影開始のカチンコの音が響き、鷹人とヒロイン役の女優に現場の神経が一気に注がれた。修司も息を呑みながら鷹人の演技に見入る。

シーンは鷹人と女優が言い合いになる場面で、緊張感もひとしおだった。静かに話していた二人がだんだんと声を荒げ、鷹人が大きな声を出した時には鳥肌が立った。普段あまり感情を剥き出しにすることがないせいもあるけれど、鷹人が別人に見えたからだ。評価されているという鷹人の演技の凄味を肌で感じて、納得せざるを得ない。心臓が高鳴って、興奮で指先が震えた。

隣の奥村が笑いかけてきて、頷くことしかできなかった。前に見た時も充分に凄いと思ったけれど、今はさらに上をいっている。

息つく間もなく演技は続き、二人の言い合いはエスカレートしてきた。そして鷹人の腕が女優を引き寄せ、強く抱きしめた。ずきりと心臓が痛み、目が釘付けになった瞬間、鷹人と女優の唇が重なった。

言いようのない衝撃が修司を襲い、演技だとわかっていても動揺した。キスシーンなんて映画やドラマでは普通に見る光景だし、鷹人だって例外ではない。だけど、目の前で見ることになるなんて思ってもみなかったのだ。

鷹人ではなく慎一としてのキスだと理解しているのに、湧き上がったのは紛れもない嫌悪だった。ドクドクと速る鼓動で、鷹人の声が遠くなる。どうしようもないまま目は離せなくて、ぎゅっと拳を握りしめた。

キスは一瞬の出来事で、女優は腕を振り解くと鷹人の頬を思い切り張った。パン、と乾いた音が鳴り響き、彼女がその場から走り去る。カットの声がかかった時、修司は自分が無意識に息を詰めていたことを知った。

「迫真の演技だったわね！　すっごくいいいんじゃないかしら」

奥村の言葉は頭に入ってこず、修司は曖昧に返事をする。何をこんなに狼狽える必要があるのか自分でもわからず、とにかく鷹人のキスが脳裏に焼き付いて離れない。演技でこんなにも揺れている自分が滑稽《こっけい》で、途方に暮れてしまう。

すると鷹人のもとに女優が走り寄り、今叩いたばかりの鷹人の頬に触れた。頭を下げる彼女に、鷹人は小さく会釈してされるがままだ。

また胸に走った痛みに、修司は思わず目を背けた。これ以上は見たくない。鷹人が誰かのものになるかもしれないことを考えたくなかった。いつか鷹人に良い人ができることはわかっていたはずなのに、覚悟はちっともできていなかったみたいだ。

「あのヒロインの子、オメガらしいのよね。鷹人がアルファだって知って、ああやってくっついていくようになったの。事務所にクレームでもいれてやろうかしら」

ひとり言のように言った奥村に、修司は目を見開いた。咄嗟に鷹人に視線を戻してしまい、二人が寄り添っている姿を目にする。鷹人の腕に巻き付いた細く白い腕に、どうしようもない黒い気持ちが腹の奥から噴き出した。

——嫌だ。

込み上げた激しい感情に、修司は打ちのめされる。鷹人に触れて欲しくない。隣にいて欲しくない。フェロモンで誘われてしまったら、鷹人はきっと抗えない。

「たか……」

思わず名前を呼びそうになったその時、急に全身がぶるりと震え、直後に体内で熱い塊が弾けた。

この感覚を、知っている。初めて発情期になった時に修司を襲った、急激な始まり方。発情期がきてしまったのだ。

そろそろ始まる頃ではあったけれど、一切の前兆もなく発情期に入るなんて、初めての時以来だ。いつもはもっと、緩やかに始まっていたのに。

咄嗟のことに気が動転して、膝が折れそうになるのを堪えるので精一杯だった。ふらついた修司に気が付いた奥村が「大丈夫？」と声をかけてくるが、答えることもままならない。

早くここから出て、鷹人から離れないといけない。それからポケットに入っている抑制剤を飲んで、一刻も早く家に帰らなければ。

まわらない頭でそう考えるのに、どんどん熱くなっていく体に思考が流されていく。立ち尽くしたまま混乱している修司を数人のスタッフが振り返り、凝視している。

「本当にどうしたの？　具合悪い？　あら何かしら、甘い匂いがする……」

「……っ、おれ、あの……っ」

甘い匂いはフェロモンが漏れている証拠だ。ベータの奥村にまでわかるくらいにフェロモンが出てしまっていることに、修司はますます困惑する。どうしよう、どうすればいいかわからない。お腹の辺りから股間がきゅうと切なくなって、こんな人の多い場所で発情していることに羞恥を覚える。鷹人のほうを見るとちょうど視線が合い、激しい自己嫌悪と共に今すぐに消えてしまいたくなった。

二度と、鷹人に発情している姿を見せたくなかった。浅ましく体を熱くさせて、弟を欲しているところなんて。

熱と一緒に涙が溢れ出し、視界がぼやけたのと同時に何かに遮られる。頭から何か被せられたのだと気付くのに、数秒を要した。

「――修司くん、頑張って。出るよ」

後ろから聞こえたのは、芹沢の声。そのまま肩を支えられ歩き出すのに抵抗する暇はなかった。何が起きているのかわからず、とにかく傍に芹沢がいることとしか理解できない。その間にもどんどん体は苦しくなり、呼吸が上がる。たぶん、アルファの芹沢が隣にいるせいだ。わずかに残った理性が足を止めようとしたけれど、芹沢は半ば拉致《らち》するように足元の覚束ない修司を引っ張って歩いた。

「――修司ッ！」

背中で鷹人の声を聞き、反射的に足が止まる。鷹人が呼んでいる。早く離れなければ、という思いと返事をしたい思いで混乱する修司を、芹沢は許さなかった。

「修司くん、今は堪えて……！」

「で、も……、たかとが」

修司の返事は聞かず、芹沢はまた強引に歩き出す。足をもつれさせながら、修司は無意識に鷹人の気配を探した。

「芹沢さん、ちょっと！　お兄さんをどうする気？」

「あんた、ベータ？　頼む、一緒にきて」

遮られた視界の足元に、高いヒールを履《は》いた足が見える。奥村だと認識できていても、会話の内容は耳をすり抜けて頭に入ってこない。そして、直後に大きな足音と共に鷹人の匂いが近付いてきたのがわかって、ぶわりと情欲が溢れた。こんなに近くにいる芹沢よりも、鷹人の匂いを強く感じる。紛れもなく鷹人に欲情して熱くなっているのだと、嫌でもわかってしまう。

「修司を離せ！」

鷹人の激しい声の後、腕を強く引かれて頭から被せられていたものが落ちた。バランスを大きく崩しながら見たのは、鷹人の拳が芹沢の頬に打ち込まれた光景だった。直後にふらついて転びそうになった修司の体を鷹人が支え、芹沢から隠すように腕をまわされる。

「修司に触るんじゃねえ……！」

　満ち足りていく感覚をどう表現すればいいだろう。鷹人の腕の中にいることを理解して溢れたのは、性欲だけではない充足感だった。このまま抱かれてしまいたい。もっと近くに感じたい。様々な感情が欲望と一緒に渦巻いて、ますます意識があやしくなっていく。

「――鷹人くん、君は撮影に戻って」

　聞こえた芹沢の声は低く、どこか苦しそうだった。無意識に目を向けると、芹沢の口元に真っ赤な血が滲んでいるのが見えた。

「ふざけるな！　アンタ修司に何するつもりだ。絶対に許さねえ……！」

　まるで肉食獣の咆哮《ほうこう》のように、鷹人の声は怒りに満ちていた。状況を飲み込めず、ただ鷹人の激情に気圧《けお》される。どうしてこんなに怒っているのか、わからない。宥めないといけないと思うのに、何もできずにいる。

「落ち着いて。わかった、俺はもう手は出さない。でも、修司くんは早くここから連れ出さないと、大変なことになる。ベータだろうけど何人か反応してたんだ。鷹人くんのマネージャーさん、だよね。修司くん頼めるかな。ヒートがきてる」

　鷹人が息を呑み、抱かれた腕に力が篭もる。奥村も同様に目を瞠り、すぐに状況を理解したようだった。

「ああ、やっぱりそうなのね、だからこんな……。わかった、後は引き受けます」

「家はわかる?」

「大丈夫よ。任せて。鷹人も、いいわね」

奥村と芹沢のやり取りを遠く聞きながら、発情期という言葉に修司は反応した。体を熱に侵されながらも我に返り、発情期に飲まれそうになっていた自身を自覚する。また、自分の発情期のせいで鷹人に迷惑をかけている。鷹人だけでなく、芹沢やこの場にいる人、全員に。

血の気が一気に引き、修司は青褪《あおざ》めた。二度と失敗しないと誓ったのに、なんて様だ。

咄嗟に鷹人を見上げて、か細く掠れた声を出す。

「鷹人……、戻れ。まだ、撮影中だ」

「ダメだ、放っておけるかよ。修司がこんな時に……」

「映画、やるって決めたんだろ……!」

鷹人を押し返し、覚束ない足で必死に立つ。理性を総動員しないと欲に負けてしまいそうな中、できるだけ気丈に鷹人を見据える。鷹人の瞳に迷いが生じ、その瞬間に奥村が間に割って入った。

「今は私に任せて。鷹人、あんたは戻ってやり遂げなさい、お兄さんのためにも!」

奥村に促され、修司は自らの足でその場を後にした。また鷹人の修司を呼ぶ声が聞こえたけれど振り返らず、とにかく鷹人から遠ざかることに必死だった。

やっとのことで出入り口に着けていたタクシーに乗り込むと、ぐったりとシートに沈んで動けなくなってしまった。奥村と運転手のやり取りを聞く間にも体は切なく震え出し、下半身から力が抜けてたぶんもう立ち上がることはできない。ポケットの抑制剤を探ったのはほとんど無意識で、ピルケースを握る手も思い通りにならなかった。ケースを座席に落として、拾おうと伸ばした手を奥村がそっと押さえて制する。

「これを飲めばいいのね。待ってて」

「すみません……、俺、鷹人に迷惑を……」

「大丈夫、今は何も心配しないで」

奥村に抑制剤を出してもらい、口に放り込んだあとのことは記憶が飛んでいて曖昧だ。気が付いた時にはタクシーは店の前に着いており、その頃には抑制剤が効き始めて激しい情欲の波はいくらか落ち着いていた。

依然として発情期を迎えた体はつらかったが、これ以上奥村の世話になることは男としての矜持が嫌がった。お礼を言い、あとは一人で大丈夫と伝えると、奥村は心配しながらも最終的には修司が家の中に入るのを見届けるだけに留めてくれた。

熱い体を持て余し、玄関でくずおれそうになるのを何度も堪えて向かったのは二階の自室。引き出しの中から緊急用の強力な抑制剤を取り出し、飲み下す。緊急用のものは発情を抑えるだけでなく睡眠剤も入っているために、出先で使用することはできず、発情期間中の一番症状が重い時期だけに飲むための薬だった。これを飲んで眠ってしまえば自我を失うような情欲に支配されることなく、やり過ごせる。

修司がこれを飲んだのは初めてのことで、一刻も早く効果が出るように祈ることしかできない。いつもは通常の抑制剤で耐えることができていたのに、我慢できないほどの発情は初めての時以来だった。

ベッドに倒れるように沈み込み、じっと抑制剤が効いてくるのを待つ。部屋の扉が開けっ放しだ。発情中は施錠することを心がけていたけれど、戻って扉を閉めることすらできそうもない。今はそれよりも全身を這うもどかしさを解消したくて、下半身に手を伸ばすことで頭がいっぱいだった。

どれくらい時間が経ったのか。

物音に反応して目が覚めた時、部屋は闇に包まれていて夜になっていることを知った。

発情の症状は変わっておらず、けれど睡眠剤が効いて眠気のほうが勝っていた。眠る前に自慰をしたせいで下半身は剥き出しのまま酷い有り様だったけれど、処理することさえ今は億劫で仕方がなかった。

物音はなんだったのだろう。うつらうつらと半分しか覚醒していない状態ではすぐに思考は流れていき、修司は今しがた見ていた夢を思い出していた。

鷹人がまだ小さい頃の、オメガもアルファも関係なかった時の記憶。

小さな手を伸ばされることが嬉しかった。鷹人は不器用で甘えたで、修司にくっついて離れなかった。抱きしめたぬくもりが愛おしくて、ずっと守っていくんだと思っていた。今も、その気持ちは変わっていない。

鷹人が大切だ。他の誰よりも、ずっと。

廊下を歩く誰かの足音に気が付き、修司は重たいまぶたを開けた。廊下から差す光の中に、誰かがいる。考える必要もない、それが鷹人であることはすぐにわかった。

初めての発情期の時と同じシチュエーション。こっちにきてはいけない。そう思うのに、修司の喉から出たのは鷹人の名前だけだった。

「たか、と……」

声に反応するように鷹人が中に入ってきて、ベッドの傍らに膝を折る。鷹人は息を切らして、暗闇の中でもわかるほど悲愴な顔をしていた。必死に修司を見つめる瞳が夢で見た小さな鷹人に重なり、腕を伸ばす。頭を撫でてやると、鷹人は小さく息を呑んだ。

「たかと、どうした……」

そんな悲しい顔で、怖い夢でも見たのか。またベッドに潜り込んできたのなら、鷹人が眠るまで抱いていてやりたい。だけど、今の状態ではそれも難しい。せめて慰めてやりたくて、修司は鷹人の頬に触れる。

「修司……、あいつのこと、好きになったのか。だから、ヒートになったのかよ。なあ……」

夢うつつの状態では鷹人の言うあいつが誰のことかわからず、答えてやることができない。鷹人はくしゃりと顔を歪ませて、修司の手を握りしめた。泣きそうな鷹人に、焦りが募る。どうしてそんな顔をしているのだろう。悲しいことがあったのだろうか。慰めてやりたいのに、どうすればいいかわからない。

「絶対に嫌だ……、渡さない」

ひとり言のように呟いた直後、唇にひんやりとしたものが触れた。視界が覆われて、ぎゅっと握りしめられた手が痛い。唇を押し割って入ってきた温かい感触で、ようやく鷹人にキスされているのだとわかった。

五年前、一度だけ触れたことのある鷹人の唇。思い出すのと同時に湧き上がったのは歓喜と劣情。鷹人にまた触れられたことが嬉しくて、とろけた頭が甘いもので満たされていく。舌を絡められ蹂躙されるのが気持ち良くて、うっとりと口が開いてしまう。もっと欲しいという欲求で、下腹がきゅうと重たくなった。

「ん、んぁ……、はっ、あ、たか……、んぅ」

漏れ出す声が自分のものじゃないみたいだ。だけど羞恥よりも何よりも、鷹人を感じることのほうが大切だった。キスを陶然と受け入れながら、修司は理解する。ずっと、こうして鷹人に触れたかった。後悔していたのは本当なのに、もう一度抱かれたいと心のどこかではずっと思っていたことを。

さっき鷹人が呟いた「渡さない」という言葉。それは修司の本心でもあった。オメガの女優が鷹人に触れるのを耐え難く感じて、紛れもない嫉妬の念を抱いた。鷹人を誰にも渡したくない。誰のものにもなって欲しくない。できることなら自分だけのものにしたいのだと、痛いくらいに思い知らされた。

ずっと認められなくて、鷹人の兄でいたくて押し込めてきた修司の心。一気に溢れ出してきた感情が、体中を暴れまわって苦しい。

「たか、と……っ」

ベッドに乗り上げ、修司の体をまさぐってきた鷹人の手にすべてを委ねる。触れる場所からさざ波が立つように快感が生まれ、腹の中心に溜まっていく。鷹人にしがみつくように腕をまわしたのは完全に自分の意思で、もう言い訳はできない。獣のような吐息を感じて鷹人に貪られている悦びを享受《きょうじゅ》しながら、熱と一緒に零れたのは涙だった。

嬉しいのに、胸が引き絞られるように痛くて切ない。ずっとこうしたかった。鷹人が好きだ。だけど、どこかでまだ兄弟のままでありたいという気持ちが残っていて、完全に理性を飛ばすことができない。

鷹人の唇が頬を滑り、首筋を辿ってうなじの近くまで降りていった時、そこから痺れるような快感が走り、背骨を抜かれたような心地になった。噛まれたら番になるその場所。噛んで欲しいのに噛んで欲しくない。自分でも訳がわからなくなって、気が付いたら鷹人の名前を叫んでいた。

「たかと……、鷹人……ッ」

必死に呼んだ声は涙に濡れて、情けなく震えていた。修司を混乱させている張本人に助けを求めるなんて、どうかしている。だけど、この迷いや不安を、他の誰でもない鷹人にどうにかして欲しかったのだ。

間を置いて鷹人の動きがぴたりと止まり、ゆっくりと離れていく。頬に落ちてきたのは、温かい雫。顔を上げた鷹人の目には涙が溢れていて、修司は言葉を失った。

「……ごめん、修司。ごめん」

朦朧《もうろう》としている中でも、鷹人の涙は修司にとっては一大事だった。どうして泣いているのか、何を謝っているのか、何もわからなくて咄嗟に手を伸ばす。

「俺、何も変わってねえ。……あの時から、何も」

鷹人の涙に届く前に、修司の手はそっと掴まれる。そして鷹人は小さな声でもう一度ごめん、と呟き、身を引いて離れていった。

鷹人の温度を失った体に、部屋の空気が冷たく伸し掛かる。部屋を出て行く鷹人を追いかけていきたいのに、発情が始まったばかりの体が言うことを聞いてくれない。その涙を拭って抱きしめてやりたいのに、それさえもできないオメガの体が憎らしかった。

取り残された部屋で、修司は一人鷹人の涙に心を痛めることしかできない。こめかみを涙が伝う。薬の効き目に抗うことは叶わず、修司の意識はそこで途切れた。

＊＊＊

鷹人が初めて修司を名前で呼んだ時のことを、今でもはっきりと覚えている。

修司と同じ中学に鷹人が入学して、まもなくのこと。その日は春の陽射しが店内にやわらかに差し込む、天気の良い日だった。鷹人よりも早くに帰宅した修司が、店の手伝いに出るため、準備をしていた時だ。

「――修司」

振り返るとそこには鷹人がいて、名前を呼ばれたことに修司は遅れて気が付いたのだった。今まではずっと「兄ちゃん」と呼んでいたのに、急にどうしたのだろう。違和感しかなくて返事ができないでいると、鷹人は「あの人と付き合うの」と続けた。鷹人が言う「あの人」が、今日生まれて初めて告白された相手だとすぐに思い至り、どうして知っているのかと修司は慌てた。

付き合うも何も相手のことを修司は知らなかったので、その場で断った。しどろもどろにそう話すと鷹人は「そう」と不機嫌に言い、二階の自室に戻っていってしまった。それがあまりにも唐突だったので、名前で呼んだことを問うタイミングを失ってしまったのだった。

あれからずっと鷹人は修司を名前で呼び、「兄ちゃん」と呼ぶことはなくなってしまった。

じいちゃんにそれとなく相談してみたことがあったけれど、「思春期だからな」なんて言葉で片付けてしまい、なんの解決にもならなかった。

呼ばれるたびに落ち着かない気持ちになっていたけれど、しばらくすると慣れて、それが普通になった。

あの時に覚えた違和感の正体が、今ならわかる。鷹人に兄として認められなくなってしまったんじゃないかという不安が、頭を掠めていたのだ。そんなことはないとわかっていながら、それでも血の繋がらない兄弟だからこそ、鷹人に愛想を尽かされてしまうことが怖かった。

鷹人にどうして名前で呼ぶようになったのかを問えなかったのは、本当の兄ではないからと言われるのを恐れたからだ。

じいちゃんと鷹人と三人、自分達は本物の家族だと胸を張って言えるのに、そのくせ血の繋がりがないことが常に心の隅にこびりついているのも本当だった。誰よりも「家族」であることにこだわり気にしていたのは、他でもない修司だったのだ。

あの時、鷹人がどうして急に修司を名前で呼ぶようになったのかは今でもわからない。じいちゃんの言う通りに、思春期に入って兄ちゃんと呼ぶことが恥ずかしくなっただけかもしれない。

今となってはもう聞けないけれど、あの頃から修司は家族を守ることに必死だった。たぶん、過剰なほどに。

それを自らの手で壊してしまうことになるなんて、夢にも思っていなかった。守りたいという気持ちは、間違いなく本物だったから。

＊＊＊

目が覚めた時に明るい天井が目に入って、咄嗟に寝坊したのだと思った。早く開店準備に取り掛からなければ、と飛び起きようとしたところで体の怠さと燻る熱を感じ、発情期がきていたことを思い出す。それならそれで臨時休業の作業をしなければいけないのに、体は勝手にもう一度ベッドに沈み込んだ。発情期に入ったばかりでピークはまだ過ぎていないのだ。

ゆっくりと深呼吸してから、時間を確認して溜め息をつく。今はもうすぐ正午になろうという時刻で、ずいぶん長く眠っていたようだ。そして腕を伸ばして、サイドチェストの引き出しから抑制剤を取り出す。今度は緊急用ではなく、通常のものを。今はまだ起き抜けでぼんやりしているけれど意識はしっかりしているし、昨日のような激しい情欲は去っている。いつもの薬でも、もう大丈夫だろう。

薬のせいで深く眠り、また鷹人の夢を見ていた気がする。内容は覚えていなくても、鷹人を恋しいと思う気持ちだけがはっきりと残っている。切なくて、苦しい。けれどどうしようもなく愛おしい痛みが。

昨夜のことは、おぼろげに覚えている。覚醒していくにつれて思い出す鷹人の顔に、また胸がしくりと痛んだ。

「鷹人……」

呟いた声は、静かな部屋の静寂に消える。鷹人が触れた唇や手の平の感触を思い出すだけで、体は勝手に熱くなり、鷹人を欲して震える。それは、修司が鷹人を好きだからだと気が付くのにずいぶんと時間がかかってしまった。

鷹人でなければあんなに心も体も揺れたりはしない。芹沢に触れられた時にもオメガの体は反応を見せたけれど、全く違うものだった。鷹人だから、修司のオメガの本能は呼び覚まされるのだ。

鷹人も同じ気持ちだと感じたのは、都合のいい妄想だろうか。涙の意味も、ごめんの意味もわからないけれど、確かにそう感じた。鷹人と触れ合った部分が優しく溶け、熱を帯びていくあの感覚。あれがアルファだからこその愛撫だとは思いたくない。

今までだって、そう予感させる瞬間はあった。ただ修司が見えないふりをしていただけで、本当は何度も。

鷹人に会いたい。今どこにいるのだろう。聞きたいことも、確かめたいこともたくさんある。もしもすべてが修司の勘違いだとしても、構わない。鷹人を好きだという気持ちはもう誤魔化すことはできないとわかってしまった。ようやく自分の心の在処《ありか》を自覚して、目が醒めたような心地だった。

とりとめなく思考を巡らせて抑制剤が効いてくるのを待っていると、階下に人の気配があることに気が付いた。鷹人かと思ったけれど、足音で別人だとすぐにわかる。一体いつから、誰がいるのかと思ったら恐ろしくなって、気怠い体を鞭打って起こした。

足音は階段を上がり、こちらに向かってきている。成す術もなくベッドに座ったまま構えていると、扉を控えめにノックされて意表を突かれた。

「お兄さん、起きてる？　奥村です」

「……えっ、あ、奥村さん？」

「体の調子はどう？　開けてもいい？」

「あっ、いや、ちょっと待ってください……っ」

予想外の展開に、修司は慌てて立ち上がる。まだ下半身に何も身に着けていないし、発情期の姿を見られたくない。昨夜は奥村に送ってもらったので今更なのだけれど、意識のはっきりしている今は、話が違う。

「やだ、慌てないで。大丈夫ならいいの。このまま話すわね」

「す、すみません……」

気を遣われて申し訳なく思いながら、それでも昨日脱ぎ捨てたまま床に落ちている服を手繰り寄せる。力が入らなくて苦労しながら、ベッドの上で下着を穿いた。

「お店なんだけど、臨時休業の貼り紙しといたわ。私の手書きで汚いんだけど」

「え……っ、ありがとうございます……」

「それからお店の冷蔵庫にある賞味期限が切れたものは破棄して、取引先のリスト見て電話かけて、発注は止めました。冷蔵庫以外は触ってないです」

「……な、はい。え……？」

すべて修司がやらなければいけないことだったのに、奥村がやってくれたことに驚きを隠せない。呆然としながらジーンズを穿き、扉の前に立つ。

「あ、あの……、どうして」

「もうひとつ、病院に鷹人が電話して、おじいさんの入院を延長してもらえることになったわ。ロケ帰りに鷹人がおじいさんを迎えに行くから、お兄さんは安静にしてるように、とのことよ。ちなみにロケが押したら私の出番よ」

「……鷹人、が」

「そう、全部鷹人の指示よ。お兄さんがちゃんと部屋で一人で休んでるかも、頼まれて確認しにきたの」

扉を開けると、奥村が笑ってビニール袋を差し出してくる。中にはペットボトルの水や、携帯食料、ゼリー飲料が入っていた。それは、修司がいつも発情期で食欲がない時に口にしているものだ。これも鷹人が用意したのだろうか。鷹人には発情期のことなんて、話したことはないのに。

「あら、わざわざ着替えなくても良かったのよ。さあ、ベッドに戻って。相変わらず良い匂いがするのねえ、ヒートって」

部屋に押し込まれながら、奥村のあっけらかんとした物言いに修司は少しびっくりする。だけど、なんでもないように言ってくれることが新鮮で、救われる思いがした。

「さっきも言った通り、今日から鷹人は地方ロケよ。私もこれから向かうの。お兄さんは今日のところは、大丈夫ね？」

「だ、大丈夫です！　俺のことは気にしないでください」

今までも、発情期にじいちゃんの手を借りたことはほとんどない。初めての時に痛い目を見て、それからは一人で発情期を乗り切れるようにあえて手を出さないでもらった。だから、わざわざ奥村の手を煩わせる必要はないのだ。

だけど今はそれよりも、鷹人がこれを指示していたことが気になった。あの時、鷹人は泣いていたのに、奥村に頼んでまで修司のことを気にかけてくれている。それを思うと、胸の奥から熱いものが溢れてくる。

「――俺も、一緒に行ったらダメですか」

口をついて出た言葉に驚いたのは、奥村だけではなく修司もだった。だけど、今すぐにでも鷹人のところへ行きたい。こんなはた迷惑な申し出はどうかしていると思うのに、取り消すことはできない。

奥村は修司を見つめ、少し考えるような仕草を見せた。そして冷静に問いかけてくる。

「どうして行きたいの」

どうしてなんて、愚問だった。修司はこみ上げる思いをそのまま口にする。

「鷹人が、泣いていたから……だから、俺はどうしても……」

さっきまでは、ただ鷹人の涙を止めてやりたい一心だったけれど、今は違う。鷹人にちゃんと聞きたいことがあって、向き合いたい。だから、一刻も早く会いたかった。

「それだけ？」

「……いいえ、鷹人に、伝えないといけないことがあります。俺は、兄として失格なんだと思います。だけど、どうしても鷹人に伝えたいことがあるんです」

ずっと隠してきた自分の気持ち。見ないように、気付かないように抑え込んできた。だけど鷹人の気持ちが知りたいから、修司も包み隠さずに伝えたい。そうしたらきっと、新しい何かが見えてくる気がする。

奥村は修司をじっと見つめると、大きく頷いた後にわかった、と答えた。

「行くなら、発情期の対策は万全にしてきて。準備ができたらすぐに出るわ」

「……っえ、わかりました、ありがとうございます！」

まさか受け入れてもらえるとは思わず驚きながら、すぐにクローゼットからボディバッグを引っ張り出した。持っている全部の抑制剤と、少しでも体力が持つよう鷹人が用意してくれた食料。それから発情中は体温が上がるので、タオルと替えのTシャツもバッグに詰め込む。フェロモンが少しでも漏れないように、Tシャツの上から長袖のシャツを羽織り、念のために空気を通さない素材のマウンテンパーカーも持った。十分程で準備は完了し、奥村と共に家を出た。ミニバンに乗り込み、目指すのは鷹人のいる山中のロケ現場だ。

起きてすぐに飲んだ抑制剤が効いており、体調がそこまで酷くないのは幸いだった。奥村にこれ以上迷惑をかけないよう、車の中では極力おとなしくして体力を温存する。

それにしても、奥村がこんなに良くしてくれることが修司には純粋に疑問だった。鷹人の兄だからとはいえ、マネージャー業務の範疇《はんちゅう》を超えている。店のことまで嫌な顔をせずにやってくれて、お人好しというだけではない気がするのだ。

「――どうして、こんなに助けてくれるんですか」

運転する奥村の横顔に、問わずにはいられなかった。奥村はこちらを一瞥し、信号で止まったのと同時に修司を見て笑った。

「私はね、鷹人を一目見た時から感じるものがあったの。きっと大物になるって直感した。だから、鷹人のためになることならなんでもするって決めて、マネージャーになった。鷹人の大切なお兄さんだから、私も大切にしているだけよ」

「大切……」

「それにね、私、修司くんには感謝してるのよ」

「え、俺……？」

「ええ。鷹人は顔と骨格が整ってるから、トップモデルになるのはそう難しいことじゃない。だけど、俳優を目指すならそれだけじゃダメ」

「……そう、なんですか」

「そうなの。鷹人はちょっと難しい子だけど、あの子に人間味っていうか生きてる感情を吹き込んだのは、修司くんとおじいさんよね。鷹人と関わっていくうちにわかったわ。それが、今の鷹人の演技には本当に大切なことなの。だから、今の鷹人があるのは修司くんのおかげ」

「じいちゃんはともかく、俺は何も……。自分のことばかりで、鷹人の気持ちもわからないような情けない兄で……」

「いいえ、修司くんは鷹人に必要だった。自信持って！」

きっぱりと言い切った奥村は眩しく、本当にそうだったら、と願った。この人が鷹人の傍にいてくれたことを心から感謝したい。鷹人が感情豊かになったというのなら、絶対に奥村のおかげでもある。

「ありがとうございます、奥村さん」

「私は鷹人の味方ですから」

発進した車の中で、修司は改めて鷹人のために何ができるのかを考えた。ずっと、自分の気持ちばかりが先走って、鷹人の本心に触れようとしてこなかった。

だけど、それは今日で終わりだ。鷹人の心に触れることを、もう躊躇ったりしない。それで鷹人に近付けるのなら、傷付くことになってもいい。自分に嘘をつくことは、もうやめにする。

7

カットの直後に上がる、「もう一度」と言う監督の声。もう何度目かのそれに、撮影隊の溜め息が聞こえてくるようだった。

朝から始まった撮影は正午を過ぎても遅々《ちち》として進まず、大幅な遅れをきたしていた。天候が不安定ということもあったが主な原因は鷹人のＮＧで、何度撮り直したかはもう覚えていない。

鷹人の演じる慎一が、ヒロインを諦め決別する大事なシーン。これまで鷹人を絶賛していた監督が、今日はまったく納得してくれないのだ。けれど鷹人には演技が乱れている自覚があり、役に上手く感情移入できていないのは本当のことだった。監督はそれを全部見抜いて、辛抱強く鷹人を待ってくれている。

私的なことで演技に支障をきたすなんてあってはならないとわかっているのに、修司のことが頭にちらついて集中できない。昨日から始まった発情期に、きっと今頃苦しんでいるはずだ。考えないようにしているのに、無意識下で鷹人の心は揺らされ、掻き乱されてしまう。この仕事をやり遂げたい気持ちは本物なのに、監督の期待を裏切っている自分が情けなく、悔しかった。

今度こそ、と臨んだ撮影の最中。ふと、頬に冷たいものが当たったかと思うと急に雨が降り出し、あえなく中断となってしまった。スタッフが機材を慌てて片付ける中、監督は鷹人に一言、一旦休憩するようにとだけ言った。

雨の降る中、ベンチコートのフードを被って鷹人は現場をそっと離れた。ロケ現場は山中の湖のほとりにあり、少し歩いただけで周囲はしんと静かになった。しとしとと降る雨が湖面に細かな波紋を描き、その上を薄い霧が覆っている。どこか現実離れしたその光景を見つめながら、不甲斐ない自分を恥じた。

役作りは上手くいっていたはずだった。慎一になりきって、別人の人生を演じることに没入できるくらい順調にやれていた。だけど、今はどうしても慎一の心に寄り添うことができない。どうすればいいのかわからないままの演技が、認められるはずもない。

集中しようと思うのに、湖に沿って歩みを進めながら思い出すのは修司の姿。昨夜、発情期の最中の修司を、鷹人は抱こうとした。結局それは叶わなかったけれど、そのせいで役の心情から離れてしまったのは明らかだった。

奥村に世話を頼んできたけれど、大丈夫だろうか。昨日は相当つらそうで、意識もはっきりしていなかった。初めての発情期を目の当たりにして以来の修司の乱れた姿は、脳裏に焼き付いてしばらくは消えてくれそうにない。本当は抱きたくて、無理やりにでも番にしたかった。だけど、それでは離れた意味がなくなってしまう。

「修司……」

この撮影を無事に終えることができたら、告白するつもりだった。弟としてではなく、一人の男として修司が好きだということ。そして、修司が初めての発情期を迎えた日の、真実を話したかった。

小さな頃から鷹人は修司が好きだった。アルファやオメガだとわかるよりも、ずっと前。たぶん、雨の夜に修司が迎えにきてくれた日からだ。帰り道に見上げた流れ星に、願いを託した。あれから幼心に修司は自分のものだと、信じて疑いもしなかった。

けれど成長するにつれ、修司が鷹人を家族としてしか見ていないことを感じるようになり焦りが生まれた。それは経験したことのない、鷹人の根幹を揺るがすようなショックだった。兄弟として出会った時も、第二性がアルファとオメガだとわかった時もこれは運命なのだと思えたのに、肝心の修司が鷹人を弟としてしか見ていない。

自分の一方的な想いでしかないことを、受け入れることはできなかった。だって、鷹人には「わかる」のだ。お互いが必要な存在で、特別な番であることが。

　言葉にはできないもどかしさを持て余し、鷹人は焦れる日々を過ごした。どうしたら、修司は気付いてくれるのだろう。弟でなく、男としてアルファとして見てくれるのだろう。どれだけ修司の近くにいても、触れてみても距離は縮まらない。修司に発情期がきてオメガとしての本能が目覚めれば、何か変わるのだろうか。

　修司に初めての発情期が訪れたのは、そんな鬱屈《うっくつ》を抱えていた時だった。

　あの頃、鷹人はモデルのバイト先でオメガの女性モデルにアプローチをかけられていた。相手がすでに発情期を迎えて成熟したオメガだったこともあり、鷹人はバイト代で買ったアルファ用の誘引抑制剤を飲んでやり過ごしていた。初めてオメガのフェロモンの匂いを感じて体が反応したこともあったけれど、鷹人の気持ちは少しも動くことはなかった。むしろフェロモンを使って誘惑してくる女性に嫌悪を覚えていたほどだ。

　だから、撮影帰りだったあの日も鷹人は抑制剤を服用しており、修司のフェロモンに自我を失うようなことはなかった。むしろ頭は冷静で、ベッドで身悶えている修司を見た時にこれはチャンスだと思った。フェロモンに惑わされたふりで体を繋ぐことで、修司が自分を番の相手として見てくれるようになるんじゃないかと。

　抑制剤が効いているとはいえ、果実の蜜のような匂いに体温は上がっていく一方で、反対に頭の中はどんどん冴えていった。発情して真っ赤に頬を染めた修司を可愛いと思うのと同時に、めちゃくちゃにしてやりたくなる衝動。震える手を伸ばすと修司の体は悦びに打ち震え、鷹人のアルファ性に従順な反応を見せた。

夢中になってその体を貪り、朦朧としている修司を思うままに抱いた。ようやく訪れた、夢にまで見た瞬間。だけど、修司がうわ言のように繰り返す「逃げろ」という言葉は、鷹人を現実に引き戻すには充分過ぎるほどだった。

体はアルファに蹂躙されて悦んでいても、修司の心はそうではなかった。弟である鷹人とセックスすることを拒絶する気持ちで、逃げろと言い続けていたのだ。

それがわかってしまったから、修司の精一杯の抵抗を無理やり解いて噛みつくことはできなかった。一方的な思いで卑怯な手を使い、番になっても意味がない。発情期に飲まれてもなお、修司は鷹人の兄であろうとしたのに、自分はどうだ。身勝手な慕情に駆られて、修司を傷付けようとしている。

散々体を繋げたあとに気付いたところで手遅れだった。うなじを噛まなかったことだけが、唯一の救いだ。抑制剤の効果で正気を保っていても、腕の中の修司を手放して部屋から出るのには相当な苦労を要した。荒れ狂う欲望は修司をこのまま番にしたいと叫んでいて、何度も自分の腕に噛みついて衝動を殺さなければ、すぐにでも戻って修司を自分のものにしてしまいそうだった。

じいちゃんが帰ってくるまでの時間、階段の下でうずくまりひたすらに時が過ぎるのを待った。暴れる情動と自責の念に板挟みにされながら、あれほど後悔したことはない。

帰宅したじいちゃんに修司が発情期になったことを告げたあとは、家を飛び出してとにかく修司から距離を置くためにがむしゃらに走った。

すべてをアルファ性のせいにできたら、どんなによかっただろう。だけど、鷹人は自分で選んだのだ。自らの意思で修司に手を伸ばした事実は、絶対に消せない。

修司の発情期が収まるまでの間、様々な感情が胸に渦巻いて押し潰されそうだった。謝りたいと思うのに、謝ってしまったら修司を諦めて弟に戻ることになる。それだけはできなくて、でも他にどうすればいいかもわからなくて。世話になっていたじいちゃんの親戚の家ではふさぎ込んで、食事は喉を通らなかった。

発情期が終わったと聞かされ恐る恐る戻った家で、鷹人は修司が泣いているのを見た。じいちゃんに自分が悪いのだと謝って、セックスしたことを罪のように言う修司を目の当たりにした時、自分のしでかした事の大きさに改めて気付かされた。

何よりもじいちゃんと鷹人のことを大切にしていた修司から、「弟」という存在を取り上げてしまった。修司が守りたかった家族を、この手で壊してしまったのだ。自分勝手な恋心で発情期を利用して、修司に最も酷いことをして、何がしたかったのか自分でもわからなくなった。家を出ることを決めたのは、逃げ以外の何物でもない。あの頃の未熟で幼い精神では、自らの罪の重さを受け止めることはできなかった。

じいちゃんは何も言わず、家を出ることを許してくれた。体を繋げたことも、鷹人の修司への想いも、全部わかっていたからなのだろう。ごめんなさい、と告げるだけで精いっぱいで、じいちゃんは涙を指で何度も拭ってくれた。

修司には合わせる顔がなく、ひたすらに会うことを避けた。引っ越しの前日、部屋を片付けるために帰った時だってわざと修司がいない時間帯を選んだのに、修司は鷹人の前に現れた。

優しい修司。すべてを自分のせいだと思い込んで、鷹人を責める言葉なんてひとつも吐いたりしなかった。悪いのは全部自分なのに、何度も謝られて立つ瀬がなかった。真実を言えば、きっと修司は許してくれたのだろう。だけど、許されてはいけないことをしでかした。大切に思っていたはずなのに、こんなにも傷付けて泣かせた。

その時に湧いた怒りは自分自身へのものに違いなかったが、何の危機感も持たずに自分を抱いたアルファの部屋を訪れる修司にも、理不尽な感情が生まれたことは否定できない。

セックスをしたのに、まだ自分を弟としてしか見てくれないことが悲しくて悔しくて、同時に憤る自分にも吐き気がして、心の中をぐちゃぐちゃに掻き回された心地だった。

「俺に近付くな」

強い口調は、自分への言葉でもあった。これ以上傍にいてはいけない。近付いてこられたら、何をするかわからない。激情に任せてこれ以上修司を傷付けたくない。修司には相応しくない弟だから、どうか見限って。

離れたくないし修司を諦めたくもないのに他に何もできなくて、胸を焼く感情に振り回されてどうすればいいかわからなかった。まるでおもちゃを買ってもらえず駄々をこねている子供だ。

弟に嫌われ、拒絶されたと思ったであろう修司の蒼白な顔は、今でも忘れられない。だけど、思いを通わせることもできず、番になれないまま傍にいることはどうしたって無理だ。抱くよりも酷いことをした自覚があったけれど、あの時は自分のことだけでいっぱいいっぱいで、修司を慮《おもんぱか》る余裕はなかった。

家を出て事務所の寮に入れたのは、奥村の助けがあったからだ。バイトだった当時から奥村は鷹人を気にかけてくれ、モデルとしてのいろはを熱心に教えてくれていた。そして修司を避けている最中、何もかもがどうでもよくてオメガのモデルに誘われるがままついて行きそうになったのを止め、家に帰っていない様子を察して事務所に寝泊まりさせてくれたのだ。奥村は粘り強く事情を聞き出し、鷹人を責めずに「大人になりなさい」と言った。その言葉は鷹人の胸に突き刺さり、ようやく修司から離れる決心がついた。まだ胸中は整理できていなかったけれど、その通りだと痛感したのだ。あの時に自棄《やけ》にならずに済んだのは、奥村のおかげと言ってもいい。

寮生活を始めた最初の頃は、奥村に言われるがままに仕事をこなし、忙しく過ごした。考えごとをする暇もないのは鷹人にとっては楽で、雑誌だけでなくショーモデルや広告モデル等なんでもやった。そしてその中で人と触れ合う機会が増えていくうちに、少しずつ自分の幼稚さや甘えに気が付いていった。修司とじいちゃんだけしかいらないと思っていた過去の自分がいかに子供であったか、そしてひとつしか年が違わない修司がどれほど大人でしっかりしていたかを思い知った。

修司は喫茶店の手伝いやバイトの他にも、バリスタになるための資格や店の経営についての勉強をしたり、将来じいちゃんの店を守っていくことを真剣に考えていた。高齢になってきたじいちゃんの今後も見据え、生活費とは別に貯金もしていた。多忙な中でも家事をこなし、偏食の自分のために試行錯誤して食事を作ってくれていたことがどんなに凄いことか、どうして今まで気付けなかったのだろう。

鷹人がしていたのは修司の手伝いの域を出ないもので、バイトだって修司の真似事でしかなかった。モデルの仕事には興味がなく、ただ修司やじいちゃんの助けになると思ってやっていただけだ。

思い返せば自分はあくまで修司に甘えるだけの弟でしかなかった。そんな庇護すべき存在と番になりたいなんて、修司が思うはずもない。紛れもなく子供でしかなかった自分が恥ずかしく、情けなかった。

自立した大人になりたいと思うようになった鷹人に、やりたいことがはっきりしないのなら大学に行くのはどうかと提案したのは奥村だった。他人に極端に興味のない鷹人に足りないのは人生経験だという言葉に納得して、大学進学を決めた。人生経験を積むのなら他にもやりようはあったけれど、奥村に少しでも恩返しするためにモデルの仕事を続けながらできることをしたかったのだ。

密かに連絡をとっていたじいちゃんに進学を決めたことを話すと驚かれたが、喜んでくれたことは大きな後押しになった。同時期に修司が無事にバリスタの資格を取得したことも、奮起《ふんき》するきっかけになった。大学へ入学後は人と関わることを嫌がらず、友人もできて学業だけでない様々なことを学べたと思っている。相変わらず興味の持てる人間は限られていたけれど、それでも鷹人にとっては大きな変化となった。そして偶然出会った俳優業に、手応えと自分のこれからの道を見出すことができた。

成長できたかどうか自分ではよくわからなかったけれど、奥村は「立派になった」と言ってくれた。本当にそうだったらいい。少しでも修司に近付けているのなら、これ以上のことはない。

大学に通いながら仕事をする間も、修司のことを考えない日はなかった。小さな頃からずっと、憧れで目標だった存在。家族以上の気持ちを持ったことで傷付けてしまったことへの後悔は消えないけれど、それでも好きにならずにはいられなかった。じいちゃんから聞く修司の様子は鷹人を救い、支えていた。

大学を卒業し、映画のオーディションに受かった春。再会は思いがけず訪れた。

修司の名前が表示されたスマートフォンを見た時の気持ちを、どう表せばいいだろう。待ち侘びていた気もしたし、少し怖い気もした。だけど電話に出ることができたのは、少しは成長できた自信があったからかもしれない。

久しぶりに会った修司は相変わらず凛と立つ温かな太陽のままで、安堵するような泣きたいような、複雑で切ない気持ちになった。これまで様々な人間と関わってきたけれど、修司ほど心根の優しく綺麗な人には出会ったことがなかった。身内のひいき目でもなんでもいい。修司はやはり、鷹人にとって唯一無二の存在だった。

じいちゃんに喫茶店の手伝いをしろと言われた時、迷いはなかった。映画の出演はまたきっとチャンスが巡ってくる。だけど、修司は違う。五年ぶりに会って、変わらない気持ちを確信した今、この機会を逃すことは考えられなかった。結局は二人に背中を押されて映画には出演することになったけれど、決心することができたのはこの仕事をやり遂げたら、少しは修司に認めてもらえるかもしれないと考えたからだった。自分で決めて選んだ、俳優という道。再会して少しも変わらない想いを実感した今、できることはそれしかないと思った。

時間が掛かってもいい。修司が頼ってくれるような存在になり、番になりたい。修司がどうしても嫌だと言うのなら、弟に戻る覚悟も決めて。

だけど、あの日。スタジオにきていた修司が発情期になり、アルファである芹沢に抱えられる姿を見た時に、修司がいつまでも誰のものにもならない保証なんてないことに気付かされた。番のいないオメガが不特定多数のアルファを誘ってしまうことは知っていたのに、再会した修司があまりにもオメガとしての性を見せないことで失念していた。本当は痛いほどにわかっていたはずなのに。

修司に戻れと言われ、自分のやるべきことを思い出しても、焦りはちっとも消えなかった。発情している状態の修司の体に触れた芹沢のことがどうしても許せず、今すぐにでも修司を連れ去り、誰の目にも触れず誰の手も届かないところへ閉じ込めてしまいたかった。

それでも衝動を堪えることができたのは、あの日の後悔があったからだ。

必死で撮影を終えて家へ駆けつけ、朦朧としている修司に再び同じことを繰り返そうとした時は、自分自身に愕然とした。五年前から何ひとつ成長していないことが、ショックで仕方なかった。思い出したのは、冷静に修司を助けようと動いていた芹沢の姿。

一方、自分は苦しんでいる修司に、何をしようとしたか。抑制剤は飲んでいなかったにも拘らず、自分への呆れと嫌悪で修司から離れることができた。相応しい人間になりたいなんて、どの口が言えただろう。あまりにも惨めで、滑稽過ぎる。

翌日からの撮影で家を空ける口実ができたのは、幸いだったのかよくわからない。演技はボロボロで監督を失望させ、修司を一人残してきたくせに一体何をやっているのだろう。

何ひとつ諦められず、何も犠牲にできない自分が嫌で嫌で仕方ないのに、どうしても修司がいない未来を思い描くことができない。

演じている役の男は想い人を諦める選択をするけれど、自分には到底できないことだと思うとどうしても上手くいかなかった。どうしたら諦められるのかを教えて欲しいくらいだと、千切れるような心地で思う。

雨の中、遠くで雷が鳴る音がして、鷹人はハッと現実に引き戻された。気が付いたらずいぶんと歩いていたようで、撮影隊の姿が見えなくなっている。急いで元きた道を戻ったけれど、そこにいたはずのスタッフや監督たちの姿はすでになかった。たぶん、雨足が強くなって撤収したのだ。機材が濡れないように注意を払う上に急いでいたせいで、普段は奥村の車で移動している鷹人のことを忘れてしまったのだろう。連絡しようにもスマートフォンはロケバスの荷物の中で、山に一人取り残されてしまった。

驚きはしたけれど動揺はせず、仕方なく先程見かけた半分洞窟のようになっている岩穴で雨が弱まるのを待つことにした。ふもとのホテルからは一本道でそう遠くない距離だったので、方向さえ間違わなければ歩いて帰れるはずだ。運が良ければ誰かが気付いて迎えにきてくれるかもしれないし、慌てる必要はない。今はそれよりも撮影が延びたことに安堵を覚えてしまう。この間に少しでも気持ちの整理をして、撮影をやり遂げたい。何も達成したことのない自分の初めての挑戦で、修司やじいちゃんが応援してくれている仕事だから、せめて。

降りしきる雨と遠雷の中、鷹人は体を丸めてそっと目を閉じた。

どれくらい時間が経っただろう。雨は止まず、辺りが少し暗くなり始めた頃、鷹人は遠くで名前を呼ばれた気がして顔を上げた。

雨にけぶる景色は変わらず、幻聴が聞こえたのだと思った。そろそろ帰らなければと腰を上げたところで、もう一度。今度はさっきよりもはっきりと聞こえた。修司が、鷹人のことを呼ぶ声が。

「え……？」

遠くに目を凝らすと人影が現れ、まさか、と信じられない思いで見つめていると、人影は真っ直ぐにこちらに向かってきた。

「鷹人……、鷹人！」

「修司……！　どうして」

そこにいたのは間違えようもなく修司で、本気で幻じゃないかと目を疑った。だって修司は発情期になったばかりで、今はまだ苦しい時期のはずだ。こんなところに一人でやってくるなんて、あり得ないことなのだ。

だけど、こちらへ駆け寄ってきた修司は紛れもなく現実で、本物だった。鷹人の顔を見て笑った修司に、言葉を失う。

「鷹人、無事で良かった……」

近くにきた修司は疲れ切っているのが明白で、雨でずぶ濡れの状態だった。呼吸が荒く、頬が紅潮しているのは発情期のせいか疲労のせいなのかわからない。だけど、つらそうだということだけはわかる。

「なんで、こんな危険なことしてんだ！　ヒートだってのに、無茶すんなよ……！」

「ごめん、だって……、道が土砂崩れで塞がっちまったって聞いて、お前が帰れなくなったらって、思ったら……」

ふらついた修司を慌てて抱きとめ、雨の当たらない岩場の奥まで連れて行く。服越しにも拘らず熱い体温が伝わって、甘い発情の匂いに目眩を覚えた。理性が揺らぎそうになるのは堪えたが、それでも修司の匂いだと思うと穏やかではいられない。それにしても体温が高過ぎる気がして額に手を当てると、やはり高熱が出ているようだった。この雨の中を発情期の体力の落ちている状態で歩いてきたせいで、無理が祟《たた》ったのだ。

「……くそ、修司、どうして……」

修司の着ていた濡れたマウンテンパーカーを脱がせ、自分のベンチコートを羽織らせる。土砂中の服までは濡れておらず安心したが、ボトムの膝から下は完全にどろどろだった。土砂を越えてきたのだろう、そんな危険を冒したことに怒りが湧く。ヒート中でただでさえつらい中、自分のためにこんなことをして欲しくなかった。すっかり疲れ切って脱力し、鷹人にぐったりと身を預けている修司を、複雑な思いで見つめる。

「修司、バカなことすんじゃねえ。俺なんか放っておけばよかっただろ……」

また修司を裏切って、酷いことをしようとしたのに。今だって、油断すれば修司に何をするかわからない。こんな弟を、助けることなんてなかった。

「……鷹人が、泣いてんじゃねえかと思って」

修司の手が頬を滑り、優しく眦に触れる。

「それに、雷は今でも苦手だろ。だから……」

そのまま頭を撫でられて、胸が詰まった。ああ、そうか。修司は雷が鳴っているから、無理をしてまでここへきたのだ。小さな頃、雷が苦手で修司の布団に潜り込んでいた鷹人が怯えているんじゃないかと思って。

泣きそうになるのをぐっと堪え、鷹人は修司の手を取った。小さな頃、家を飛び出して迷子になり、修司に見つけてもらえた時に覚えた感情を再び味わい、胸が震える。鷹人を見上げてくる瞳を見つめ、小さく首を横に振った。

「……泣いてない。俺はもう、泣かない。雷も、怖くない」

本当は、雷が怖かったのは小さな頃だけだった。修司が傍にいてくれることで、怖くなくなったのだ。「大丈夫」と慰めて抱きしめてくれるのが嬉しくて、いつしか雷は修司に触れるための口実となった。

散々弟としてのポジションを利用しておいて、今になって番として見て欲しいなんて、なんて虫のいい話だろう。修司はいつだって兄であり、太陽だった。それを望んだのは、他でもない自分自身だ。

だけど、それはもう終わらせる。これからは、鷹人が修司を支え、照らし出せる存在になりたい。

「決めたんだ。修司に相応しい男になるって。だから、もう心配しなくてもいい」

やっぱり、修司を諦めることなんて無理だ。好きで、愛おしくてたまらない。もしも修司が自分を選ばず他の誰かと一緒になっても、それは死ぬまで変わらない。諦観にも似た温かな感情が胸に満ちて、鷹人は笑った。

「好きだ、修司。子供の頃から、ずっと」

やっと言えた、一番に伝えたかったこと。本当はもっと早く言うべきだった。言葉にしてみて、改めて実感する。修司が好きだ。他の誰よりも、何よりも。こんなに好きだと思える人は、きっと生涯で修司だけだ。

修司が目を瞠り、じっと鷹人を見上げてくる。何もかもが愛おしくて、胸が張り裂けそうだ。

「――それから、修司に言わなきゃいけないことがある」

好きだと思ったら、謝らなきゃいけない。これからも修司の傍にいたいのなら、絶対に。

「あの時……、修司が発情期になった時、俺が修司を抱いたのは、フェロモンのせいじゃない」

「え……？」

「俺はあの時、抑制剤を飲んでた。だから、我慢しようと思えば、できた。でもそれをしなかったのは……、俺が修司をずっと抱きたいって、思ってたからだ」

軽蔑されるかもしれない。だから怖くて言えなかった。修司はずっと自分のせいだと思い込んで苦しんできたのに、黙っていることで罪をなすり付けてきた。許して欲しいなんて言えないけれど、せめて真実だけは伝えたい。

修司は鷹人を見つめたあと、鷹人が取った手を握り返した。熱い体温が溶けていき、自分の手が冷え切っていたことを知る。

「……鷹人、お前……、俺のこと抱きたいって、思ってたのか」

「そうだ……ずっと。修司が好きでたまんなくて、オメガとかアルファとかそんなんじゃなくて、修司をめちゃくちゃにしたいって、思ってた」

「嫌じゃ、なかったのか……？」

「嫌なわけない。ずっと、好きだったんだから」

修司は俯き、それから不意に口元を綻ばせたので、鷹人は面食らった。

「なんだ……、そうだったのか。そっか」

もう一度顔を上げた修司は、心底安堵したような笑顔を見せた。そんな反応は予期していなくて、鷹人は戸惑う。きっと失望させてしまうと思っていたのに。

「……ごめんな。ずっと気付いてやれなくて。俺はお前を苦しめてたんだな」

それは違う——ハッとして首を振る鷹人に、修司は優しい笑みを向ける。修司が何を思って笑ったのかわからなくて、心臓がドクドクと早鐘を打った。

「鷹人と初めて会った時、なんでだろうな、これから先ずっと一緒にいるんだって思ったんだ。何の根拠もなく、そうなるのが決まってるみたいに。困ってたら助けてやりたい、泣いていたら笑顔にしたい、迷子になったら探してやるのが、俺の役目だって。……幸せにしたいって、思ったんだ」

初めて聞く修司の心の内。言葉にはしなくても、ずっと感じていた。修司に大切にされていること。それが心地良くて嬉しくて、ずっと甘えてしまった。

「じいちゃんとお前が大切で、お前が弟じゃなくなったら俺のところにはもういてくれなくなるんじゃないかって思ってた。もう二度と家族を失いたくなくて、必死で。だから、鷹人とセックスした時には本当に怖くて、後悔した。……でも、違うんだな。それがやっとわかった」

優しく強く握り込まれた手。潤んだ瞳には力が入り、鷹人を射抜いた。

「離れてる間、ずっと会いたかった。気付くのが遅くて、ダメな兄貴でごめんな。俺も、お前が好きだ、鷹人」

すぐには理解できなくて、夢を見ているんじゃないかと疑った。置き去りにされた山中で見た、都合の良い白昼夢。だけど、目の前の修司から伝わる熱が、夢でないことを証明している。いっそのこと、夢でもなんでもいい。二度と覚めない夢なら、構わない。

言葉にならず、呆然とする鷹人の頭を修司が抱き寄せる。修司の甘い香りが漂う中でじわじわと現実であることを理解して、遅れてぎゅっと修司を抱きしめ返した。修司が腕の中にいる幸福に目が眩むような心地がする。泣かないと言ったばかりなのに涙が溢れて、力いっぱい抱きしめた指先が震えた。

「――泣くな、鷹人。泣かないって言ったばかりだろ」

優しい手の平で鷹人の背中や髪を撫でながら、修司の声も涙に濡れている。泣き顔を見られるのは嫌だったけれど、修司も同じならおあいこだ。体を引いて至近距離から顔を覗き込むと見えた、涙に濡れた真っ赤な頬に、溢れ出した感情の名前はひとつでは足りない。

「……修司だって、泣いてる」

「そうだな」

泣きながら笑った修司に吸い込まれるように口付けて、受け入れられる事実に胸が満ち足りていく。初めての発情期の時も昨日も、キスは何度もしたことがあるのに気持ちの伴ったキスはまったく違う。嬉しくてくすぐったくて、切なくて、胸がじんと痛い。

「……ん、っは、たか、と……」

夢中で舌を絡めて口内を探っていると、修司が熱い吐息を漏らす。思わず衝動のままにキスしてしまったけれど、思いが通じ合った喜びだけでなくフェロモンに助長されているのは間違いない。発情期の真っ只中のキスは、否が応でも昂ぶってしまうのだろう。鷹人も今にも弾けそうな理性を自覚せざるを得ず、これ以上は危険だと思った。

名残惜しいのを堪えて唇を離すと、修司が不満そうな声を出す。間近で揺れる、濡れた唇ととろりと溶けた甘い飴玉のような宵闇の瞳。あまりの誘惑に自制できなくなってしまいそうで、できるだけ修司を見ないように視線を逃がす。

「ごめん、修司。我慢できなくなる……」

「なんで、がまんすんだよ」

「なんでって、……そんな疲れ切って熱も出てんだぞ」

今のキスで修司はすっかり発情してしまったようで、瞳が潤み、口調が舌ったらずになっている。だけど、こんな場所ではこれ以上のことはできない。何より、発情期の修司を好きにしたことを心底後悔した経験上、二度と本能には負けたくないのだ。オメガである修司がアルファを欲しがるのは当然のことなのだから、ここは鷹人の踏ん張り時だ。

「いやだ……、鷹人、もっとしたい」

「……っ、修司、だめだ。言うこと聞いてくれ」

わかっていても、普段は見せない甘えた表情で懇願されるのは相当の破壊力があった。フェロモンだけでなく、修司自身の誘惑が理性をこれでもかと揺さぶってくる。擦り寄ってくるのを無下にできず、下半身にどんどん熱が集まっていく。焦りを感じていると修司が背負っているボディバッグが目に入り、ハッと気が付く。修司は抑制剤を持ち歩いているはずだ。こんなにも惑わされるのはきっと、抑制剤を飲んでいないからだ。離れようとしない修司を抱き込むように、背中に手をまわしてバッグを探る。

「修司、抑制剤飲んだの、いつだ」

「なに……？」

「薬。最後に飲んだのいつか覚えてるか。飲んで少し休もう」

ピルケースらしきものを探し当て、中を見て鷹人は驚いた。ケースの中には二種類の錠剤が、大量に詰め込まれている。オメガ用の抑制剤のことはよく知らないが、こんなにも必要なものだろうか。

「……さっき、飲んだ」

「——え？」

「鷹人を探してる途中、念のために……」

修司の話が本当なら、抑制剤は効いているはずだ。だからこんなにも理性が揺らいでいるのは、フェロモンのせいではなくて――。

「鷹人……っ」

急に修司に強く押され、尻をついて背中が岩肌に押し付けられる。顔の両側に手をついた修司が熱っぽい瞳で見つめてくる。鷹人は喉を鳴らしてその切ない表情に見惚れてしまう。

「頼む、鷹人……、抱いてくれ」

「……だ、ダメだ。熱出てんだぞ。無理すんのは……」

「平気だ。それとも、嫌か……?」

嫌なんて、そんなことあるわけがない。本気で困り果てて首を横に振ると、修司の熱い唇が重ねられる。

「今はフェロモンじゃなくて、俺に誘われてくれ。鷹人……」

唇を合わせたままの囁きに、体の奥でぶつんと何かが切れる音がした。次の瞬間には修司の体をかき抱き、深く口付けていた。いけないと思うのに、止められない。正真正銘、修司自身に誘惑されたのだと思うと我慢なんてできるはずもなかった。今すぐにでも、うなじに噛みつき、修司を自分のものにしてしまいたい。暴力的とも言える欲求に突き動かされて、夢中になって唇を貪った。

「ん、ふ……っ、んう、……っん、は……、たかと……っ」

舌や頬の内側、触れるところすべてが熱くて気持ちが良い。お互いに求め合うキスだと思うとますます性感が増していく。密着した身体もしがみついてくる手も、全部が鷹人を煽ってやまない。

ここが外だということを忘れそうになるほど、もう修司しか見えない。雨の音が静かに響く中で、世界で二人きりになったような感覚に陥った。

「……っ、途中でやめてやれねえからな……っ」

修司の肩から落ちたベンチコートの上にその体を押し倒し、覆い被さって獣のような息を吐く。興奮し過ぎて頭がショートしそうだ。ああ、だけど、修司の負担になるようなことだけはしてはいけない。理性と本能の間で葛藤し、肉食獣のように喉が鳴る。修司が鷹人を見上げ、場違いに優しく笑うからたまったものじゃない。

「鷹人、いいから。好きにしてくれ。めちゃくちゃにしてもいい」

「……だからっ、そういうこと言うなって……！」

もう我慢はできなくて、再び唇に噛みつきながら脇腹や胸や腰をまさぐる。ボディバッグのバックルを外し、羽織っていたチェック柄のシャツの前を開いてTシャツの下から潜り込ませた手で素肌に触れる。汗ばんだ肌は吸い付くような手触りで、熱く上気していた。修司は昔からオメガの特徴でもあるきめの細やかな肌をしており、頬や手の平ですらもちもちとして気持ちが良かった。今から全身に触れられるのだと思うと、歓喜で背中がぞわぞわと総毛立つ。

「ん、っあ、くすぐってぇ……、ふぁ」

ひくひくと体を震わせる修司がくすぐったいだけでないことは、兆した下半身が証明している。脇腹から手を滑らせて腹筋を撫で、シャツをたくし上げながら胸筋に辿り着く。細身なのに鍛えている修司の胸は筋肉で柔らかく、薄くとも弾力のある触り心地はたまらないものがあった。

おまけに修司の胸の頂は、淡い桃色だった。引き締まった体にアンバランスな乳首は、いやらしくて最高に可愛らしい。たまらずに乳首にむしゃぶりつくと、胸全体を跳ねさせて反応が返ってきた。舌で舐るとすぐに芯を通し、ツンと上を向くのがたまらない。胸でも感じるらしい修司の悦いところを、あまさずに探ってやりたい。

「う、ンッ、たか、と……、そこ、ん……っ」

身を捩って甘さを隠しきれない声を上げる修司は、乳首で性感を得ることに戸惑っているようだった。だけど、気持ち良いとわかりきっているのに、やめるわけにはいかない。戸惑う姿さえ可愛くて愛おしい。

「なんで嫌がるんだよ。きもちよくねえ?」

「っん、き、きもちよく……、なくはないけど、でも……、アッ」

粒立った先端を唾液と一緒に吸い上げると、修司はまたびくりと胸を跳ねさせた。ちゅくちゅくと音を立てて吸い付きながら、もう片方にも指を伸ばす。きゅっと強めに摘み上げると切ない溜め息が漏れた。

「たかと……っ、いい、そこ、もういいから……ッ」

「だめ。前の時は全然触れなかったから、ぜんぶ触りてえんだ」

「……っな、」

初めてのセックスは欲望に流されて、挿入することに必死で終わってしまったことを鷹人は密かに悔やんでいた。もっと修司にしたいことがあったのに、一度きりのセックスでは何もできなかった。

修司に触れることを許された今、体の隅々まで触れて確かめて奥まで暴いてやりたい気持ちが込み上げている。愛撫に敏感に応えてくれる修司を、極限まで気持ち良くさせたい。

右は舌先で乳頭を転がし、左はくびり出すように指で弄くる。赤く染まった乳首はすっかり立ち上がって、唾液をまとわせている様が淫猥《いんわい》でいやらしい。

「あっ、あ、うっ、んん……っ、ふ……ぁ」

胸への刺激だけで修司の下半身が悩ましく揺れだし、ジーンズの前立てを熱いものが押し上げている。鷹人のものへ擦り付けているのは無意識なのだろうが、その仕草にさえ激しく煽られて、がっついてしまいそうになる。できれば優しくしたいけれど、動作はつい性急になってしまう。

胸や腹にキスを落としながらベルトを外し、前を緩めると盛り上がった下着の先が湿って色を変えていた。先端をまるく撫でると修司の声がひっくり返り、染みがじわりと大きくなる。ジーンズと下着を一緒にずり下げ、飛び出してきた陰茎はすっかり勃起しきっており、篭もっていた熱と一緒に甘い匂いが立ち上った。刺激を求める陰茎が、ふるふると鷹人に触れられるのを待っている。

「はぁ、ぁ……、鷹人……っ」

陰茎を握り込み、ゆるゆると扱き立てると修司は腰を浮かせて感じ入った。先端から次々と雫が溢れ出し、とろとろと竿を伝って鷹人の手を濡らしていく。滑りの良くなった手で裏筋を攻めてやると、内腿が震えて甘ったるい声が上がった。

「んあっ、あ！　ぁ、ふ……っう、うぅ」

胸から太股までを赤く染めて、修司が他でもない自分の手で感じていると思うだけで、ずんと腰が重たくなる。気持ちが急いて、太股に溜まっているジーンズと下着を足から抜き、自分もベルトを緩めて勃起しきった陰茎を取り出す。ずっと痛いくらいに張り詰めていたそれは限界まで膨らんで、今にも弾けてしまいそうなほどだ。

ふと視線を感じて顔を上げると、修司が耳まで真っ赤にして鷹人の猛ったものを見つめていた。釘付けという表現が相応しいくらい見られるのはさすがに恥ずかしく、けれどその瞳が熱く潤んでいるのは一目瞭然だった。期待しているように見えるのは、勘違いなんかじゃない。

「あんま見んなよ」

「だ……っ、だって、前の時より、なんか……、で、でかくなってねえか……？」

尻すぼみに言い、困った顔で見上げてくる修司に鷹人のものが限界を超えて上を向いた気がした。恥じらいながらも興奮している様子に、息を詰めて耐える。

「そうかも。五年間、ずっと修司のこと考えてたから」

「な、なに言って……、うわっ」

焦る修司の太股を掴み、ぐっと押し上げて股間を晒す。ぷるんとした質感の竿の下に震える二つの膨らみと、そして更に奥にある、濃い桃色の息づいた窄《すぼ》まり。濃い桃色をしたそこは、すでに綻んで鷹人を誘うように濡れそぼっていた。

発情期ということを差し引いても、修司はどうも濡れやすい質に思えた。しとどに濡れて甘い匂いを放つそこは、果実のように美味しそうだ。早くそこに突き入れたい衝動が湧き、抑えるように息を吐く。もっと、修司を気持ち良くして、乱れさせたい。そうして繋がることで、あの日の記憶を塗り替えられる気がするのだ。

修司の腰の下に腿を入れ込み、尻を高く上げると鷹人は誘われるままにそこに舌を伸ばした。

「ぅあ……っ！　え、あっ、たか、……っ」

まさかそこを舐められるなんて思ってもいなかったのだろう。修司の腰が大きく震え、慌てた声を出す。逃がさないようがっちりと腰を掴み、愛液まみれの穴を舐る。熱くてひくついている粘膜に舌を差し入れ、ぬくぬくと中をかきまわすと太股が痙攣し出し、遅れて中からとろりとした粘液が溢れてきて、媚薬のように鷹人を昂ぶらせた。

「ひ、ぅ……っ、やめ、アッ、あ、……っう、やだ……っ、たか、と」

柔らかく解れた蕾に指を差し入れると、ぷちゅりと音を立てて中へ吸い込まれていく。指を包む肉壁は絶妙な加減で吸い付いて、奥へ奥へと誘った。うねりに逆らって指を引くと尻がびくつき、修司が明らかな色を持った喘ぎで喉を鳴らす。

指を出し入れし、多少強引に中を拡げるようにまわしても修司は快感しか得ていないようだった。焼けつくような情欲の中、急く心を落ち着けてもう一本指を増やす。それでも修司に苦痛の影は見られず、指を食いしめる収縮は止まらなかった。

「あ、あ……っ、た、か……、んっ、ぅあ」

ちゅぷちゅぷと抜き差しながら二つの膨らみと穴の間の会陰を舌で押し、中を探っているうちに修司が大袈裟なほど反応を見せる箇所に行きついた。他とは少し感触の違うそこ。指の腹でこねるように押すと、また修司の声が裏返った。オメガでなくとも男が快感を得られるという前立腺――そう思い当たり、鷹人はそこを執拗《しつよう》に弄くり始めた。

「アッ！　や、んぁっあっ、やめっ、ひ……っ、たかとぉ……っ！」

修司が腰を突き出して、逃げを打つ。鷹人は許さず、腰を押さえてしこりのように硬くなってきたそこを撫で続けた。修司の前から透明な液体が断続的に漏れ、性感が急激に引き上がる。その狂う一点を一際強く抉られた直後、修司は大きく腰を跳ねさせて絶頂した。

「ひ、あぁあ……っ！　あ、あぁ……っ」

薄い精液が陰茎からぷしゅっと噴き上がり、全身を硬直させてから数秒、くったりとベンチコートの上に沈んだ。呼吸は荒く、汗と涙と唾液にまみれた顔は未だ快楽の真っ只中。ヒクヒクと鷹人の指を食いしめる動きは止まらず、精を搾《しぼ》り取ろうとする中の感触だけでも鷹人の限界が訪れそうなほどだった。心臓が忙しなく、顔や頭が熱くて沸騰しそうだ。

「すげえ……、修司……」

思わず出た声は興奮にかすれ、揶揄《やゆ》したつもりはなかったにも拘らず、修司は腕で顔を隠してしまった。腰を戦慄《わなな》かせながら恥じ入る姿でさえ愛おしい。指を抜き、修司に覆い被さり腕をどける。多少の抵抗を見せたが力が入らないらしく、修司のとろけた顔はすぐに見ることができた。整わない息を必死でつぎ、鷹人を見上げる瞳には困惑と羞恥の色が濃かった。

「……やめろって、言ったのに。あんなとこ、舐めるなバカ……」

「ごめん。でも、修司が気持ち良くなってイクとこ見たかったから」

「ばっ、なんで、そんな……、そんなん見てもしょうがない、だろ」

「そんなことない。すっげえエロくて、可愛かった」

顔を真っ赤にし、視線をうろうろさせて修司は本気で困っているらしかった。こんなにも快感に従順で素直な身体を持ちながら、今まで誰のものにもならなかったことが奇跡に思える。間に合って良かった。心からそう思って、まだ震えが残る修司を抱きしめる。

「続き、してもいいか。体つらくねえ?」

「……、言い出したのは、俺だろ……大丈夫だから」

まだつらいだろうに、控え目に囁かれる言葉に安堵を覚えながら、鷹人は目の前の美味しそうな耳に舌を這わせた。腕の中で修司がぴくんと肩を竦め、息を詰まらせる。ぴちゃぴちゃとわざと音と立てて舐めると、身を捩らせて鷹人を押し返してきた。

「うっ、み、み……っ、や……っひ、あ」

可哀想なくらいに快感を拾ってしまう修司は、何をしても気持ちが良いらしい。耳たぶを食《は》みながら手の平を下へ滑らせていくと、修司の手がそれを阻んだ。掴まれた手を握りしめ、修司は熱で潤んだ瞳で強く鷹人を見つめた。

「待て、たかと……、今度は俺が、するから」

「え……？」

言いながら修司の手が痛いくらいに勃起した性器に触れ、びくりと腰が揺れた。拙《つたな》い動きで表面を撫でられて、それだけのことなのにこれ以上ないくらいに感じた。修司が自分の昂ぶりを握っている、その事実だけで達してしまいそうになる。

「……俺だって、お前を気持ち良くさせたい」

修司が片肘をついて上半身を起こし、鷹人を引き寄せて唇を重ねる。そのまま屹立を扱かれるのは、たまらないものがあった。手も舌の動きも散漫なのに懸命で、必死な姿は逆にいやらしい。普段はお日様の匂いをさせている修司だから、なおさら。

「鷹人……、」

吐息のように名前を呼ばれたあと、身じろぐ修司の腕を引いて、一緒に起き上がる。中途半端に脱げたパンツのせいで立ち膝をついた格好になると、修司はもう一度股間に手を伸ばし、体をかがめて鷹人の熱い剛直にキスをした。

さすがに驚いて腰が引けたけれど、修司は口を開けて今度は先端をぱくりと口に含んだ。

「しゅ、うじ……っ、そこまでしなくて、いい……っ」

鷹人にとっては願ってもないことだったけれど、今の弱った修司に口でさせるのはさすがに気が引けた。修司にこんなことさせている背徳感と、フェラチオなんてされたらひとたまりもないという危機感。けれど修司は鷹人の戸惑いをよそに、躊躇いなく竿を舐り、うっとりと舌を這わせた。

「……ッ、はっ、どこで、こんなこと……」

「そんなにおかしいか……？　鷹人だって、俺の舐めただろ。俺も、したい」

無垢《むく》な顔で竿を握り、そんなことを言わないで欲しい。ぐんと腰の奥が疼いて、射精感がせり上がる。自分の股間に顔を埋め、半裸の修司が滾ったものを舐めている様は嵐のように鷹人を煽った。時折見上げてくる瞳と目が合うたびに息が詰まり、歯を食いしばらないと我慢できない。長くは持ちそうもなくて、限界が近付いてくる。

「修司……、もう、離せ……っ」

そう言うと同時に、先端を唇で吸われて射精した。吐き出した精液が修司の口内と顔に向かって飛び出す。どろりと濃厚な白濁を、唇や頬にまとわせた修司はどこか恍惚と鷹人を見上げた。

鼓動が速くて、息が上がる。尿道を駆け抜ける精液の感覚が普段の何倍も凄まじく、気持ち良くてたまらなかった。肩で息をしながら修司の頬に飛んだ精液を拭い、その体を抱き寄せた。

「……勘弁してくれ……、ハァ、すげえ出た……」

「鷹人の、濃いな……？　俺のとは、ちがう」

唇の残滓《ざんし》をぺろりと舐めながら言うから、困り果てる。どれだけ劣情を煽ってくれば気が済むのだろう。出したばかりだというのに下半身に熱が集まり、すぐに臨戦態勢が整ってしまう。修司の首筋に顔を埋めて甘い匂いを吸い込み、呼吸を一旦落ち着ける。

「鷹人……」

我慢ができないのは修司も同じだったようで、もぞもぞと鷹人に擦り寄ってきた。鷹人のものを舐めて興奮したというのなら、あまりにも淫らで快楽に素直過ぎる。オメガだからといえばそうなのかもしれないが、オメガという性別含めて修司なのだからいやらしいことには変わりない。

呼吸も整わないうちに太腿までずり下がっていたチノパンを脱ぎ捨て、ベンチコートの上に腰を下ろして修司の手を引く。胡坐《あぐら》をかいた上に跨《また》るように修司を誘導すると、鷹人の意図を理解した修司は躊躇いながらも乗り上げてきた。岩場の床はいくらコートを敷いていても痛いだろうから、向かい合って繋がるのだ。

気付けば辺りは暗くなってきて、けれど間近にある修司の顔はちゃんと見えている。あれだけ積極的にフェラしたくせに、今はまた恥じらっているのを見るだけで胸に押し寄せる感情は熱くて大きい。

肩に引っ掛かったシャツを落とすと、修司は自ら腕を上げて中のTシャツを脱いだ。全裸で乱れた髪の修司が、膝の上に座りこちらを熱っぽく見つめている。その事実だけで呼吸が荒くなり、腰がずんと重たくなる。

「修司、挿れるから」

「……そ、その前に、鷹人も脱げよ。俺ばっか、恥ずかしい、だろ……」

全身を赤くして、修司がカットソーをぐいぐいと引っ張ってくる。されるがまま脱がされると、頭から服が抜けた瞬間に抱きつかれてしまった。裸の素肌が触れ合って、気持ちが良い。修司の体は熱く、触れた場所から鼓動が伝わってきた。

緊張しているのは、鷹人だって変わらない。あの日からずっと、この瞬間を夢見てきた。同じ気持ちでいることが嬉しくて、早く繋がりたい気持ちが募る。修司の肌から立ち上る甘い匂いを感じながら、一度深く息を吐いた。

「腰、上げて。修司」

「……ん」

ゆっくりと体を引き、鷹人の肩に手を置いた修司は少しだけ不安気な顔をしていた。けれど動きに迷いはなく、浮かせた腰を掴み、修司の綻んだ後孔に切っ先を当てる。ぷちゅりと音が鳴り先端が吸い付かれるような感触は、充分に潤っている証拠だ。

「……ふ、うっ、たか、と……、あつい」

「うん……、修司の中も熱い」

まだ先っぽしか埋まっていないのに、修司の腿が震え始める。なかなかそこから先へ進まないことに焦れて、鷹人の額に汗が滲んでくる。なるべく修司のペースに合わせたいけれど、こんな寸止めはつらすぎた。

「修司、悪い……」

腰骨を押さえ、ぐんと屹立を突き上げる。半分程入った瞬間、修司の足ががくんと落ちて、自重で奥まで深く突き刺さった。

「うあ……っ、あっ、あ……！」

「う、く……ッ」

　五年ぶりの修司の中は、驚くほど柔らかなきつさでもって鷹人を受け入れた。襞が甘くうねりながら剛直を包み込み、挿入しているだけでも充分なくらいだ。息を詰めて強い快感に耐え、びくびくと背を反らして感じ入っている修司を抱き寄せる。くたりとしなだれかかってきた修司の体とは裏腹に、中の締め付けは凄まじい。

「……ッ、はぁ、は……っ」

「た、かと……っ、あっ？」

　我慢できずにゆるく腰を突き上げると、修司は面白いくらいに良い反応を返した。瞳がとろけ、開きっぱなしの唇からはあられもない嬌声が漏れ出してくる。ぬちゅぬちゅと奥を抉る突き上げによがりながらも、鷹人と合わせた視線を外さないのが愛おしい。

「んっ、ぁ、あ、あっァ、ん」

「奥、すげ……、っ、やべえ……って」

　出し入れする動きに合わせて、先端の丸みやその下のくびれ、竿の根元にまで弾力のある襞が吸い付くようにまとわりついてくる。あまりの良さに腰が勝手に動いてしまう。修司の体に腕をがっちりまわし、ピストンを激しくすると抱いた腰が呼応するように跳ねて中がきゅうと締まった。

「アッ、やっ、たか、ぁあ、あっぁっ！　あぅ、待っ、たか、アッ！」

突然ぎゅっとホールドされたかと思ったら修司がびくん、と大きく痙攣した。そのまま後ろに倒れていきそうになり、慌てて引き戻す。とろんとした表情の修司は目の焦点が危うく、どうやら絶頂したらしかった。震える屹立からは何も出ておらず、中イキしたようだ。

後ろを激しくひくつかせて極みに身を浸す様に、まだ達していない鷹人はなおも劣情を煽られる。具合の良すぎる中に埋めたままでは理性は何の意味も成さず、低く喉を鳴らして鷹人は修司を横たえた。脱ぎ捨てた二人分の服を頭の下に入れたのは、せめてもの気遣いだ。

「たか、と」

「ダメだ、我慢きかねえ……っ」

修司の足を担ぎ上げ、正常位の体勢になって腰を打ち付ける。修司の背がしなり、また中が収縮する。悦んでいるようにしか感じられなくて夢中で腰を振りたくると、修司の揺れる陰茎からだらだらと押し上げられるように白い液体が漏れた。

「あぁ、あっ、やっ、たか、んぁ、ぁっあっ」

揺さ振られながらも不規則に腹を波打たせている修司は、イキっぱなしの状態だった。眉を寄せて苦悶しているようにも見えるけれど、体は間違えようもなく快楽に染まっている。それがわかるからこそ止められなくて、腰がとろけそうになるのを堪えながら鷹人も必死だった。

「くそ、……修司、はっ、はぁっ」

ふと修司が腕を伸ばしてきて、鷹人は誘われるままにその体を抱きしめた。修司の体温と匂いと鼓動。全部を感じて胸が切なくなる。ずっと恋い焦がれていた修司が、今この腕の中にある。泣きたくなるような幸福感が胸を焼いて、自然と腕に力が篭もった。

「たか、と……っ、はぁ、あ、いい……っ、きもちい……っ」

陶酔しきった声にまた怒涛のように性感を引き上げられて、背筋を這い上がってくる絶頂の予感に耐える。せっかく繋がれたというのに長くは持ちそうもなくて、せめて快感の渦の中に身を投げ出している修司をじっと見つめる。いつも強い意思を持って鷹人を見つめてくれる瞳が今は熱に浮かされて、甘くとろけた眼差しになっている。鷹人に合わせて腰を揺らしている淫らな姿も、普段の凛とした姿も少し鈍感で抜けているところも、全部が好きだ。

好きで、好きで、たまらない。

半開きの唇にかぶりつくとすぐに受け入れられて、また泣きそうになった。唇を合わせたまま修司が微笑み、抱きしめられているのは自分なのだと理解した瞬間、体とは別の場所で欲望が膨れ上がった。

――番になりたい。

他でもない、修司と。うなじを噛んで、修司を自分のものにし、修司のものになりたい。ずっと願っていたことだったけれど、こんなにも強烈に思ったのは初めてだった。思いが通じ合い、抱き合えた今だからこそ強く思う。その赤く染まったうなじに噛みつきたくて、おかしくなりそうだ。

修司の首筋に噛みついたのは、まったくの無意識だった。前からではうなじに届かず、修司が痛みに呻き声を上げる。血が滲み、口内に鉄の味が広がったことでハッと我に返り、慌てて上半身を起こした。

修司はぼんやりした瞳のまま鷹人を見上げ、それからのろのろと体を起こして鷹人の頭に腕を伸ばした。

「……バカだな」

そう言って笑った修司の声と手が優しくて、胸が詰まる。修司を大事にしたいのに、怪我をさせただけでなく、修司の意思も確かめずに噛んでしまった。修司の言う抱いて欲しいという言葉が番になるという意味だとわかってはいるのだけれど、過去に誘われたふりをして噛みつこうとした記憶が臆病風を吹かせる。

「ごめん、修司……」

鷹人の葛藤をわかっているのかそうでないのか、修司は応えるようにまた髪を撫で、腰を引いて中途半端に埋まっていた屹立を抜いた。そのことにすら感じて熱い溜め息を零しながら、修司は力の入らない体をひっくり返して、尻を高く突き上げた格好で鷹人を振り返った。

直前まで鷹人を受け入れ、摩擦《まさつ》で赤くなった後孔が蠢《うごめ》き、蜜を垂らしているのが丸見えになる。羞恥に頬を赤くして淫猥な格好を晒す修司に、鷹人の喉がごくりと鳴った。

「我慢、しなくていい。……噛んで、俺と番になってくれ、鷹人」

「しゅ、うじ……ッ」

気が付いたら修司に伸し掛かって、充溢しきった切っ先を押し付けていた。あっ、と修司の掠れた声とともに一気に押し進み、鷹人の形をすっかり覚え込んだ中に吸い込まれていく。

「んぁ……、あぁっ、う、――ンッ」

ぶるりと背を震わせて感じ入る修司を抱き込み、獣のような息を逃す。きっと今、酷く獰猛な顔をしているに違いなくて、修司に見られなくて良かったと安堵する。修司が好きで大切にしたい気持ちは本当だけれど、独り占めして誰にも触れさせたくないという凶暴な思いも、鷹人はずっと持っているのだ。

もしかしたら修司にはそんなこと、お見通しなのかもしれないけれど。

「……っは、修司、修司……！」

修司のすべらかな尻に腰骨が当たり、奥まで剛直が埋まると感嘆の息が漏れた。具合が良すぎて溺れそうだ。まだ数度しか交わっていないというのに、修司の体はどこもかしこも鷹人を狂わせる。吸い付く肌も、濡れた吐息も、視線や仕草のひとつでさえも鷹人を魅了してやまない。

尻をびくびくと跳ねさせて、今にもくずおれそうになっている修司の背中に胸をぴったりとつけ、甘い香りのするうなじにうっとりと舌を這わせた。肩を竦ませてか細い声を上げるのを聞きながら何度も唇を落としてその甘さを味わっているだけで、修司の中に埋めたものが熱くなる。限界まで突き入れたまま中をかきまわすと、上体を支えている腕がぶるぶると震え出した。

「あっあっ、ヒッ、ぁっ、……んっ、ぁぁ……」

「……好きだ、修司。好きだ……っ」

囁きは快楽の虜《とりこ》になっている修司には届いていなかったかもしれないけれど、それでも良かった。だってこれからいくらでも伝えられる。伝えてもいいのだ。だって二人は番になるのだから。

許されて、ようやく訪れた待ち焦がれた瞬間。赤く熟れたうなじに噛みついて、ぐっと歯を食い込ませる。血は滲まないよう、だけど出来るだけ強く。

「ひ……っ、う」

ぎくんと背を反らした修司の中が痛いくらいに収縮し、精液を搾り取る動きを加速させる。息を詰めながら修司を抱き込んで二度、三度と噛み付いた。歯を立てるたびに修司が嬌声を上げ、肌についた歯形を目で確認した瞬間に、二人して絶頂した。

「あっ、あ……！　たか、と……っ、んぁあ……っ」

「……ッ、ふ……ッ、っしゅうじ……ッ」

腰が戦慄き、修司の中めがけてマグマのような熱を迸らせる。これ以上ないというほど強い極みに達して、目の前がチカチカと明滅した。ほぼ同時に絶頂した修司の内襞が射精を促すように細かく痙攣して、最後の一滴まで絞り取る。

制御できない快感に翻弄され、世界が真っ白に塗り潰された気がした。修司と触れているところが溶けて、ひとつになるような不思議な感覚。それが心地良くて仕方なくて、さらに体を密着させて抱きしめる。このまま溶けて混ざってしまえばいい――半ば本気でそう思いながら、修司と深いところが繋がったことを全身で知った。

「は、はぁ……っ、あ、たか、と……っ、はぁ」

絶頂の痙攣が続く中、ついに力尽きた修司が地面に突っ伏し、収まっていたものが抜ける。中に大量に放った白濁液が溢れ出し、その感触にも修司は内腿をぴくりと震わせた。

鷹人は整わない呼吸のまま修司の隣に体を横たえ、陶酔しきって目を閉じる横顔に手を伸ばす。

「修司……、だいじょうぶか……」

汗で額に貼り付いた前髪を掻き上げると、ゆっくりとまぶたが開き鷹人を確かめた目が柔らかく細められる。小さく頷いて、修司は鷹人の手を取った。

「……れも、」

「え？」

「俺も、すきだぞ。たかと……」

不意打ちに目を瞠り、すぐに噛む直前に鷹人が言った言葉への返事だと理解する。聞こえていないと思っていたのに、ちゃんと届いていた。頬が熱くなり、今更のように恥ずかしくなって、鷹人は笑った。

「敵わねえな、修司には……」

「当たり前、だろ。俺はお前の兄貴なんだから……」

ふと、修司がまた目を閉じそうになっているのを見て、鷹人はハッとする。そういえば修司は、熱を出していたのだ。夢中になって忘れていたけれど、きっと相当つらかったはずだ。

「修司、大丈夫か、具合悪いか?」

「いや……、あつい……」

そう言って熱い息を吐いた修司は明らかに熱が上がっていた。発情期で弱っているところを雨に打たれて歩いてきて、おまけに体力の限界を越えてセックスをした。どんなに修司が健康で頑丈《がんじょう》だろうと、平気な訳がない。

「修司、起きれるか。すぐ帰ろう」

「……ああ、そうだな」

返事はあるのに修司はふわふわと目をしばたかせ、半分眠っているような状態だった。わかっていたのに、無理をさせてしまった。昔から熱が出ると長引くことを知っていて、我慢できなかった自分が恨めしい。だけど今は後悔するよりも、修司を助けるほうが先だ。一刻も早く山を降りて、病院へ連れて行く。

修司のバッグを探り、まずはスマートフォンで奥村に連絡を入れた。二人共無事であることを伝え、救急車の手配を頼んでおく。土砂崩れはちょうど重機で撤去作業をしており、もうすぐ復旧する見込みとのことだった。

やはり撮影隊は鷹人がいないことでちょっとした騒ぎになっていたようで、電話の向こうで鷹人の無事を喜ぶ声が聞こえ、申し訳ない気持ちになった。帰ったら一緒に謝るわよ、と言う奥村の言葉にありがとうと返して、改めてここまで一人でやってきた修司の凄さを思い知った。

小さな頃、雨の中を迎えにきてくれた時から修司は鷹人の特別になった。迷子になっても雨に降られても、必ず修司がきてくれる。そう思えたことが、幼い自分には支えとなったのだ。そして、修司はまたきてくれた。

どうしたって、好きになっていた。大切に思わないわけがなかった。兄弟として出会わなくても、きっと修司を見つけて番になりたいと思ったはずだ。そんな確信がある。

「たか、と……」

「――修司、俺はここにいる」

夢うつつで顔を綻ばせた修司の髪を撫で、その体を抱きしめる。ようやく手に入れた、何にも変えられない大切な人。今度は自分が助ける番だ。

バッグに入っていたタオルで体を拭い、服を整えた。その間にも発情している修司が擦り寄ってきて大変だったけれど、どうにか凌いで修司を背負う。

岩陰から一歩踏み出し、鷹人は息を呑んだ。いつの間にか雨が止み、すっかり暗くなった空には満天の星が輝いていた。幼い頃修司に背負われて見た星が甦り、視界いっぱいに広がる光景が胸を衝《つ》く。雨上がりの澄んだ空気と、湿った草と土の匂い。あの日と同じ、だけど今日は鷹人が修司を背負って星の海を見ている。

「修司、上見て。すげえ星」

「……ん」

意識の危うい修司はそれどころではないらしく、けれど絶頂の波が引いて少しは落ち着いたようだった。苦しい表情が消えていることに安堵しながら、ゆっくりと歩き始める。

そして空を見ながら探したのは、北極星。いつか修司が教えてくれた、道しるべの星。北斗七星のすぐ傍、二等星の明かりを頼りに歩けば、道に迷うことはないのだと。ずっと昔のことなのに、今でもはっきりと覚えている。

「北極星、あったよ。修司」

いつでもそこにあって、帰り道を導いてくれる小さな光。

「……修司みたいだ」

修司がいたから、今の自分がある。迷っても修司という光を頼りに、一人で歩けた。

ずっと、焦がれて憧れた兄。一度は離れて遠回りしてしまったけれど、諦められるはずもなかった。鷹人の心を温め、傷付けることができるのは、この世界で修司だけだ。大げさでもなんでもなく、修司によって生かされているのだから。

それを自覚した今、もう迷うことはない。暗い夜も雷も、何も怖くない。

「鷹人……」

「どうした、修司」

「すきだ、もっとしたい……」

耳元でとんでもないことを吹き込まれて、顔だけでなく体がカッと熱くなった。抑制剤が効いているはずなのに、一瞬にして欲望が噴き上がった。あの生真面目な修司がこんな睦事を言うなんて、発情期の威力は凄まじい。今すぐにでも望むようにしてやりたくなる衝動に、鷹人は困り果てる。修司のフェロモンが鷹人だけにしか効かなくなった今だからこそ、ぎゅっと押し付けられる体温に、理性はどうしようもなく揺さぶられる。

「頼むから、誘惑しないでくれ……、もうすぐ帰れるから」

「なあ、鷹人。ほしい……、いやか」

「だから……っ、ああ、もう。勘弁しろって。熱あんのに……」

た。

「あ、流れ星……」

不意に呟いたかと思ったら、修司は空を見つめたまま動かなくなってしまった。星空が映り込んだ瞳は相変わらずとろんと惚けていたけれど、視線はしっかりと空を見上げていた。

「――鷹人、願い事したか？」

「え、いや。見てなかった」

「俺はした。小さい頃から同じ、鷹人とずっと、一緒にいたいって」

「……え？」

「叶った……、嬉しい……」

言いながらまぶたが下りていき、修司は鷹人の肩に顔を埋めて寝てしまった。体の力が抜けてずしりと体重がかかってきたが、なんとか踏ん張って耐えた。

初めて聞いた、修司の願いごと。指先が震えて、目頭が熱くなった。

普段の修司なら絶対に言わないようなことを聞いてしまって、でもきっと本音のそれに温かく切ない気持ちを覚える。同じようなことを願って、叶うまでにずいぶんと時間がかかってしまった。だけど、これからは星に願うのではなく、自分自身の手で修司と共にある未来を守っていくことを誓う。

すっかり寝入ってしまった修司がずり落ちそうになるのを必死で背負い直す。さすがに重くて汗が噴き出てきたけれど、下ろす気は微塵もなかった。二人で星空の道を、どこまででも歩いていたかった。

「……俺も叶ったよ。修司」

あの日、鷹人が星に願った思い。修司と似ていて少しだけ違うそれは。

『お兄ちゃんが、ぼくだけのものになりますように』

幼い自分の独占欲の強さに今は笑ってしまうけれど、あの時は紛れもなく本気だった。あんな小さな時から、修司をあの星の夜の中に閉じ込めておきたかった。

このことを修司に話したら、どんな反応をするだろう。驚くだろうか、それとも意味がわからず怪訝な顔をするだろうか。でもきっと、最後には笑ってくれる。

道の先、車のヘッドライトが見えて、救助がきたことを知る。ほっと胸を撫で下ろしながら見上げた頭上には、また流れ星が流れていった。

北極星は変わらずに、二人を静かに見下ろしている。

Epilogue

「じいちゃん、誕生日おめでとう！」

閉店間際のプリマヴェール。最後の客が退店したあと、修司と鷹人は目で合図し合い、昨夜こっそり作って店の冷蔵庫に隠しておいたチョコレートケーキを差し出した。カウンターに立ってコーヒーポットを磨いていたじいちゃんは目を丸くして、それから修司と鷹人の顔を交互に見て笑った。

「誕生日は祝わんでもいいって、言ってるのに」

そう言いながらも嬉しそうなじいちゃんに、修司と鷹人はサプライズ成功を喜び合う。口癖のように毎年誕生日祝いはいらないと言っているじいちゃんだけれど、修司と鷹人はお祝いするのをかかしたことがなかった。最近めっきり忙しくなった鷹人も、今日はじいちゃんの誕生日を祝うために、早めに仕事を切り上げて帰ってきたのだった。

「このケーキ手作りか？　修司は本当に器用だな。バリスタだけじゃなくてパティシエにもなれるんじゃないか」

「ちょっとじいちゃん、一応俺も手伝ったんだからな」

「どうせ味見担当だろう、鷹人は」

図星を突かれて苦い顔をする鷹人を、じいちゃんが笑い飛ばす。昨夜、遅くに帰宅した鷹人と一緒に焼いたチョコレートケーキは、じいちゃんの言う通りほぼ修司が作ったようなものだった。けれど発案は鷹人だし、クリームを泡立てたり後片付けをしたりとサポートは大いにしてもらったので、一応は合作なのである。

「今日は、じいちゃんの誕生日のほかにも祝いたいことがあるんだ」

「え？　俺何も聞いてないんだけど」

「だろうな。鷹人、映画の主演決定おめでとう」

エプロンのポケットから取り出したのは、昨夜鷹人を待つ間に焼いたドロップクッキーだ。つい先日、鷹人は映画の主演が決まったばかりだったのだ。まだ内々の話なので公表はされていないが、異例の大抜擢《だいばってき》らしい。誕生日と一緒にお祝いをしようと、鷹人の好物のクッキーをこっそり用意しておいた。鷹人がぽかんと修司を見て、こちらのサプライズも大成功である。

「何びっくりしてんだよ。鷹人もケーキのほうが良かったか？」

「いや、じゃなくて、俺のことは別によかったのに」

「じいちゃんみたいなこと言うなよ。嬉しいことは祝いたいだろ。それとも嬉しくないか？」

「いや、めちゃめちゃ嬉しい……です」

「だよな」

今回の大抜擢は、奥村曰く先日行われた初出演の映画の試写会での評判が良かったおかげらしい。修司も招待されて試写会を観に行ったが、確かに身内が出ているにも拘らず映画に没頭できた素晴らしい作品だった。本格的に公開されれば、鷹人の業界での知名度はさらに上がるだろうということも、奥村は嬉しそうに話していた。

評価されたのは、鷹人が山に置き去りにされた日にNGを連発していたシーン。翌日の撮り直しで一発OKを貰い、監督からの信頼を取り戻したことは大きかった。役の慎一に上手く心を重ね合わせられずにいた演技を、鷹人なりの解釈で変えた結果の勝利だった。

鷹人は小説や脚本の通りにヒロインを完全に諦めて身を引く苦しい別れから、心は手に入らなくとも永遠に気持ちは変わらないということを滲ませる別れにした。脚本とは違う演技に不安がないわけではなかったが、監督はじめスタッフの太鼓判をもらい、使われることになったのだ。鷹人はこの時のことを修司のおかげだと話していたが、何もした覚えがないので首を傾げるばかりだった。だけど、間接的にでも鷹人の助けになれたのなら、これ以上のことはない。

「こんばんは。ちょっと遅れちゃったかしら?」

ドアベルの音と共に店に入ってきたのは、花束を持った奥村だった。じいちゃんに花束を差し出して「源一さん、お誕生日おめでとうございます」とにこやかに笑う。じいちゃんは驚いて、だけどすぐに誰かわかったみたいだった。

「ありがとう。あんたが奥村さんだね、鷹人がお世話になってます。一度会いたいって思ってたんだ」

「私もです。お会いできて光栄です。鷹人をこんなに立派なイケメンに育ててくれて、ありがとうございます！」

奥村が持ってきた花束は、本当は今日の帰り際に鷹人に託されるはずだったものだ。じいちゃんの誕生日だから早く帰りたいと事前に話しておいたところ、お祝いの花を用意してくれたのだ。鷹人がせっかくだから、と花束をじいちゃんに直接渡すように言い、急遽奥村も誕生日パーティーに参加することになった。喜んで招待を受けた奥村は、雑務を片付けて店に駆けつけてくれたのだった。

「奥村さん、お久しぶりです。今日はきてくださってありがとうございます」

「久しぶりね、修司くん。鷹人から惚気《のろけ》話は毎日伺ってますけど」

「奥村さん、ちょっと」

からかうような顔で笑う奥村を鷹人がさえぎり、何か小声で言い合いを始める。じいちゃんが盛大に笑い、修司は頬が熱くなった。鷹人が奥村にどんな話をしているのか、聞いてみたい気もするし、聞かない方がいいような気もする。

「修司、今の忘れろ」

「無理言うなよ」

照れて怒っている鷹人が可愛らしく思えてわしゃわしゃと頭を撫でるのを、じいちゃんが目を細めて見つめる。そして良かったなあ、と呟くから、修司は少し胸が詰まった。

じいちゃんには迷惑と心配を散々かけてしまったけれど、ずっと見守ってくれていた。修司のオメガ性と鷹人のアルファ性を受け入れて、嫌な顔ひとつせずにずっと向き合ってくれたことに、感謝の念は絶えない。

「本当、ようやく番になって安心した。俺はな、お前らがアルファとオメガだってわかった時から、こいつら一緒になんだろうなって思ってたんだぞ」

「え？　じいちゃんそれって、小学生の時からってこと？」

「ああ。葬式でお前らに初めて会った時にあんまりぴったり寄り添ってるもんだから、こいつらは離しちゃいけねえって思ったのが始まりで、後からオメガとアルファだって知って、なるほどなって思ったよ。だから拗れた時はヤキモキしたな。面倒くせえ奴らだって」

「……そうだったんだ」

修司が鷹人と一緒にいるのが当然だと感じたように、じいちゃんにもそう見えていたなんて驚きだ。そんなに前から番になることを予見していたなんて、やっぱりじいちゃんは只者《ただもの》ではない。それにきっと、じいちゃんがいてくれなければ無事に番にはなれなかった気さえする。

「私も同じです。鷹人から話だけは聞いてて、ここで初めてお兄さんに会った時に納得したのよね。なんだ、この二人たぶん大丈夫ねって。なんていうか、空気が同じだったの。根拠はないんだけど」

「え、なんで俺にそれ言わないんだよ」

「こういうのは口出ししないほうが良いものなのよ。ねえ、源一さん」

「その通りだ」

顔を合わせて笑い、すっかり意気投合している二人に鷹人が渋い顔をする。鷹人が奥村に心を開いている理由がわかって、修司は笑った。この人になら、鷹人のことを安心して任せられる。

その時、またドアベルが鳴って扉から芹沢が顔を覗かせた。じいちゃんが勢いよく立ち上がり、鷹人はあからさまにぎょっとした。

「こんばんは。今日はお招きありがとう」

「芹沢さん、こんばんは。じいちゃん、急に立ち上がったらまた腰悪くするよ」

「そんなこと言ってられんだろう。芹沢さん、きてくださったんですか。わざわざご足労ありがとうございます」

もともと作家芹沢冬馬の大ファンであるじいちゃんが興奮しているのを見て、修司は芹沢にこっそり声をかけたことは正解だったと喜んだ。芹沢は今ではすっかりプリマヴェールの常連客で、じいちゃんとも顔見知りなのだ。店で執筆作業をするようにもなって、じいちゃんは芹沢のために張り切ってコーヒーを淹れている。

今日は昼間にじいちゃんが席を外している間に訪れたので、修司が思い付きで時間があれば、と声をかけたのだった。奥村がくることが決まっていたので、どうせなら人数は多いほうが良いと思ったのだ。急な誘いにも拘らず芹沢は快く招待を受け、早速プレゼントを用意してくると店を飛び出していったのだった。

「おじいちゃん、お誕生日おめでとう。いつも美味しいコーヒーありがとね。これプレゼント」

「ありがとうございます。芹沢さんみたいな大作家先生に祝ってもらえるとは、長生きするもんだ」

「あとこれも。今度出す本の原稿なんだけど、内緒でおじいちゃんにあげる」

発売前の小説を渡されて、じいちゃんは言葉にならないくらいに感激して固まってしまった。動かないじいちゃんを芹沢がぱちくりと見つめる。自分のしたことの破壊力をよくわかっていないみたいだった。

「……修司があの人呼んだの」

「ああ、じいちゃん大ファンだろ。声かけてみた」

鷹人は相変わらず芹沢が苦手なようで、複雑な表情でじいちゃんと芹沢を見つめていた。以前はアルファである芹沢が修司に近付くことを嫌がっていたが、番になった今は問題ないと思うのに、鷹人の気持ちにあまり変化はないらしい。アルファ同士だと何か反発するものがあるのだろうかと考えたけれど、芹沢のほうは鷹人を好意的に思っているようだし、鷹人の個人的な問題らしい。もともと神経質で難しい性格の持ち主なので、鷹人なりに何か思うことがあるのかもしれない。

ひとつ気になるのは、修司がスタジオで発情期になった時に、鷹人が芹沢を殴ったことだった。あの時のことを鷹人が謝罪しているとは思えなくて、修司は密かに頭を悩ませている。芹沢には店で会った時に修司から謝っておいたが、このことで口を出したら、火に油を注ぐ結果になるような気がするのだ。芹沢自身がなんとも思っていなさそうなので、口を噤《つぐ》んでいるけれど。

「そうだ修司くん、鷹人くん、晴れて番になったんだよね。遅れたけど、おめでとう」

当の芹沢は鷹人のじとりとした視線をものともせず、にこにこと番になったことを祝ってくれた。そういえば、二人揃って芹沢に会うのは修司がスタジオで発情期になった時以来だ。

「ありがとうございます。芹沢さん」

「あと、鷹人くん！」

急に大きな声を出した芹沢が鷹人の前までずんずんと進み、その両手をがっちりと掴んだので驚いた。突然のことに鷹人は固まって、目を見開いたまま芹沢を見上げている。

「鷹人くんのおかげで、俺も諦めないでいいんだって思えた。ずっとお礼が言いたかったんだ、ありがとう！」

鷹人の手をぶんぶんと振り、芹沢は何度もお礼を言った。訳のわかっていない鷹人は困惑しながら曖昧に返事をしていたけれど、修司にはなんとなくわかってしまった。

以前話していた、好きな人のこと。鷹人の役柄に自分を重ね合わせていた芹沢は、鷹人の演技を見るために撮影現場に通っていた。小説では好きな人を諦めて消えるのを、一方通行でもずっと好きでいる道を選んだ鷹人に触発されたのだろう。諦めることを諦める、そう言った芹沢の顔は晴れ晴れとしていた。

全員が揃ったところでケーキを切り分け、甘いチョコレートに合うように深煎りのコーヒーを淹れた。初めて作ったケーキは大成功で、喫茶店の新メニューに加えるのもいいとじいちゃんからお褒めの言葉をもらい、本気で店に出すことを考えた。じいちゃんが大切にしているこの「プリマヴェール」を、大切に守っていくことが今後の目標であり、修司の夢でもある。

ケーキを平らげたあとはじいちゃんがとっておきのワインを開け、飲み会に移行すると修司は料理を作ることに徹した。話に花が咲いて盛り上がる中、黙々とつまみを食べていた鷹人が空いた皿を下げにキッチンへやってきた。芹沢の人懐っこさをまともに体感して苦手意識はこの短時間で薄れたようだが、まだ少し機嫌の良くない顔をしている。

「どうした、鷹人。お前にもなんか作るか？」

「いい。皿は後で俺が洗うから置いといて。それより修司」

腕を引かれて連れて行かれたのは、店の奥の自宅スペース。通路を抜けてダイニングに出ると、鷹人は修司を抱きしめて壁に押し付けた。急なことに面食らいながらも、修司も鷹人を抱き返し、髪を撫でてやる。

「なんだよ、どうかしたのか」

「……別に。ただ、久しぶりだから」

言われてみて気付いたけれど、確かにここのところ鷹人と二人きりでゆっくりする時間はなかった。番になったとはいえ関係性はあまり変わらず、こうして触れるのも久しぶりだ。鷹人の匂いを感じて、修司はうっとりと目を閉じる。

「昨日もケーキ作ったらさっさと寝ちまうし、今日は芹沢さん呼んでるし。修司って俺を振り回す天才だよな」

「なに言ってんだ。昨日は鷹人が疲れてると思っただけだし、芹沢さんはじいちゃんが大ファンだから……」

言葉の途中にも唇を塞がれて、深いキスをされる。潜り込んできた舌先が思いのほか情熱的に絡んできて、それに応えるのに必死になった。

「ん、う……っ、ふぁ、んん、たか、……っ、ん」

行為の始まりのようなキスに戸惑っていると、腰を撫でた手がエプロンの紐を解いたので修司は焦った。今ここでキス以上のことをしようとしている鷹人を、焦って制止する。

「こら、鷹人……！　何してんだ」

「ちょっとだけ」

「バカ言うな。みんないるんだぞ」

今にももう一度キスしそうな距離で、修司をがっちりとホールドしたまま鷹人は不満そうだった。ちょっとだけなんて、そんなのは無理だ。鷹人だってわかっているだろうに、身じろいで腕から逃れようとする修司をそれでも離す気はないようだった。

「……大人になるんじゃなかったのか」

番になった日に聞いた、鷹人の決意。修司に相応しい大人の男になりたいと言う発言を持ち出すと、鷹人は少しだけ怯んだ。

「大人だから、できることがしたい」

すぐに切り返してきた言葉に、修司はつい笑ってしまう。そして今度は修司のほうからキスをして、その腕をやんわりと押し返した。

「明日は久しぶりのオフだろ。焦んな」

「……それって、今日は修司の部屋に行ってもいいってこと」

「そうだな、そういうことだ」

今日はじいちゃんも酔っぱらって寝ちまうだろうし。

解かれてしまったエプロンの紐を結び直しながら、修司は熱くなる頬を自覚する。何も触れられなくて寂しいのは鷹人だけじゃない。それにこれから先、二人でいられる時間は無限にあるのだから。

先程からは一転、上機嫌になった鷹人に、そういえば伝えていないことがあったのを思い出した。鷹人には吉報とは言い難い内容なので、二人の時にゆっくり話そうと思っていたのだ。夜に修司の部屋でとも思ったが、たぶん今夜はそんな余裕はない。それにきっと、話すのは早いほうがいい。

「あのな鷹人、聞いてくれ。こないだ俺、バリスタチャンピオンシップで優勝しただろ」

「うん？」

鷹人の映画の試写会と同時期に行われたバリスタチャンピオンシップ。修司は四年目の挑戦にして見事優勝を獲得し、鷹人とじいちゃんを驚かせた。二人に盛大にお祝いしてもらい、店にも反響がそれなりにあったのだがそれには続報があった。

「その時の審査員長だった協会の会長に、イタリアにバリスタ修行行かないかって話もらって」

「――え？」

「行ってこようと思う。じいちゃんにはもう話してある」

鷹人が固まり、修司を凝視したまま動かなくなる。

バリスタ修行の話は、実は以前にも持ち掛けられたことがあった。イタリア人の有名なバリスタが修司の腕を見込んで会長経由で声をかけてくれたのだ。けれど修司が番のいないオメガだったことで、流れてしまった。番を持たないオメガが外国で一人になるのは自殺行為に等しいので、留学は諦めざるを得なかった。けれど、先日の大会で見事優勝し、番もできたことで再び話が持ち上がったのだ。

修司自身、バリスタとしてのレベルアップのためには願ってもないことだったし、断る理由は何もなかった。番ができたことで発情期が楽になるだけでなく、夢への道が開けたことに、大きな希望を抱いたのだった。

「鷹人のおかげなんだ。番になったこともそうだけど、鷹人が頑張ってんの見て俺も力をもらった。負けてらんねえからな。だから、ありがとう」

絶句していた鷹人だったが修司が笑みを零してお礼を口にすると、少しずつ体の力が抜けていき、最終的には深く長い溜め息を吐いた。額を押さえて葛藤している姿に、修司は申し訳ない気持ちが湧く。番になったばかりで離れることに何も思わないわけではないけれど、離れていても繋がっていることに変わりはない。

がっくり項垂れる鷹人が抱きついてきて、唸りながら修司の肩に顔を埋める。そしてくぐもった声で「わかった」と呟く。修司をきつく抱きしめたまま、鷹人は小さく笑った。

「止めても聞かないんだろ。それに、俺は修司のそういうとこが好きなんだ。応援する」

そう言った鷹人の声は穏やかで、思わぬところで成長を感じることとなった。以前の鷹人だったら絶対に嫌だとごねて、数日は口をきいてくれなくなっただろうことは想像に難くない。受け入れて応援までしてくれることに感動すら覚えながら、修司も鷹人を抱き返した。

「ありがとうな、鷹人。頑張ってくる」

「うん」

帰ってくる時に胸を張って会える、自分になれるように。

もう一度キスをして、額を合わせて笑い合う。これから先、何が起きても大丈夫だ。兄弟として番として、ずっと一緒に生きていく。

「俺も、修司に負けねえ。あと、イタリアに会いに行く」

「そんな暇あるのか？　でも、きたら歓迎する」

またくっついてきた鷹人をやっとのことで引き剥がし、店に戻ってバリスタ修行のことを奥村と芹沢にも話した。酔っぱらいの三人に大盛り上がりで祝福された僅か十日後、修司はイタリアに旅立ったのだった。

そして、その一年後。修行中にドキュメンタリー番組で特集を組まれたことで有名人になり帰国を果たした修司を、話題の人気若手俳優が迎えに現れ堂々と番だと宣言し、世間を騒がせることになるのはまた別のお話である。

END

■あとがき■

初めまして、なつめ由寿子と申します。

このたびは「運命よりも大切なきみへ～義兄弟オメガバース～」を手に取っていただき、誠にありがとうございます！　本を出させていただくのは初めてのことで、まだ夢のようです。本書を少しでも楽しんでいただけましたら幸いです。

今回のお話を書くにあたって一番に思ったのが、好きなものをぎゅっと詰め込んだ作品にしたいということでした。長い片思いと、障害のある恋、それから年下攻めと包容力受け、オメガバースの世界観等々。好きな要素で出来たお話をこうして形にすることができて、今はとても感慨深い気持ちです。

オリジナルの小説を書くにあたって、原稿に入る前は不安が強かったのですが、蓋を開けてみれば楽しくて仕方なく、夢中で執筆できたように思います。修司と鷹人というキャラクターに愛着を持ち、二人の行く末を見守ることができた時間はとても幸せなものでした。得難い経験をさせてもらえたことを嬉しく思い、小説を書く機会をくださったショコラ文庫様に心より感謝申し上げます。

そして本書のイラストを描いていただきましたみずかねりょう先生、素敵な絵を本当にありがとうございました。先生のイラストで私の中で修司と鷹人にさらに明確な輪郭ができたように思います。キャラクターラフをいただいた時は嬉しくて、何度も何度も眺めてはニヤニヤしていました。先生にイラストを描いていただけて私は果報者です。

それから初めてのことだらけで右も左もわからない私を、優しく導いてくださった担当編集さま。コミュ障な私にいつも丁寧で誠実に接してくださったおかげで、執筆以外の不安はほとんどなくここまでやってこられました。本当にありがとうございます。

本書に携わってくださった皆様、執筆中支えてくれた家族や友人にも心から感謝いたします。

最後に、修司と鷹人の物語を読んでくださった皆様、改めてお礼申し上げます。またいつか、どこかでお目にかかれたら幸いです。このたびは本当にありがとうございました。

なつめ由寿子

初出
「運命よりも大切なきみへ～義兄弟オメガバース～」書き下ろし

CHOCOLAT BUNKO

この本を読んでのご意見、ご感想をお寄せ下さい。
作者への手紙もお待ちしております。

あて先
〒171-0014東京都豊島区池袋2-41-6
第一シャンボールビル7階
(株)心交社　ショコラ編集部

運命よりも大切なきみへ
～義兄弟オメガバース～

2019年11月20日　第1刷
2021年 2月10日　第2刷

著　者:なつめ由寿子
発行者:林 高弘
発行所:株式会社　心交社
〒171-0014　東京都豊島区池袋2-41-6
第一シャンボールビル7階
(編集)03-3980-6337 (営業)03-3959-6169
http://www.chocolat_novels.com/
印刷所:図書印刷 株式会社